# LA POINTE AUX TORTUES

*Née à Paris, Catherine Hermary-Vieille, lauréate du Prix Femina 1981 pour* Le Grand Vizir de la nuit, *est l'auteur de plusieurs romans qui ont connu un grand succès, dont* L'Epiphanie des Dieux, *Prix Ulysse,* La Marquise des ombres, L'Infidèle, *Prix RTL Grand Public,* Romy, Le Rivage des adieux, Un amour fou, *roman Prix des Maisons de la Presse 1991 et* La Piste des turquoises. *Elle partage actuellement son existence entre l'Amérique et la France.*

Ann n'oubliera jamais le jour de ses huit ans. Elle vit à La Havane. On l'emmène voir une demeure coloniale superbe, au bord du détroit de Floride, la Pointe aux Tortues. Elle appartient à un homme issu d'une famille très ancienne qui la possède depuis des siècles. L'endroit fascine l'enfant, l'envoûte.
La Havane est secouée par une agitation extrême. Le régime de Batista va s'effondrer. Le père d'Ann doit rentrer à Philadelphie et elle reste à Cuba avec sa mère, une femme généreuse, sensible au programme de Castro, le libérateur. Ann devient Anna et renonce à parler anglais.
Encore adolescente, Anna participe avec fougue aux programmes de rééducation érigés par le nouveau régime. Elle grandit. Elle rencontre Diego. Le jeune homme lui fera vivre une grande passion. Il lui ouvrira aussi les yeux sur certaines sombres réalités de la révolution. Un drame personnel qu'elle devra affronter forcera Anna à faire un choix déchirant. Lui apportera-t-il le bonheur?

*Paru dans le Livre de Poche :*

LE RIVAGE DES ADIEUX

LA PISTE DES TURQUOISES

CATHERINE HERMARY-VIEILLE

# *La Pointe aux Tortues*

FLAMMARION

*Mais les jours enfuis reviendront-ils un jour ?*

Ernesto Cardenal,
*Les Cités perdues*

*A Maxime*

*PREMIÈRE PARTIE*

# 1

« Joyeux anniversaire, ma chérie. »

Il était tard sans doute car le soleil, déjà haut, se coulait entre les persiennes. En s'éveillant, Ann aperçut le visage souriant de son père et, juste derrière, celui de son frère Mark qui lui faisait une grimace.

— Habille-toi vite, j'ai une bonne surprise.

Ann sauta de son lit. Demain, le jour de son anniversaire, avait fini par arriver enfin. C'était magique.

— Nous allons au cinéma ?

— Pas tout de suite. Aujourd'hui, nous sortons toi et moi en amoureux.

— Et maman ?

— Tu sais bien que tous les samedis elle a ses cours à l'université. Mais elle a promis d'être de retour tôt dans la soirée.

— Et moi, interrompit Mark, je vais chez Doug, ravi d'être débarrassé de toi. Son père va nous faire jouer au base-ball.

Ann n'osait avouer sa déception. Elle s'était tant réjouie d'aller voir *Peter Pan* et soudain tout semblait remis en question. Un long moment, elle resta indécise au bord de son lit. Devait-elle protester ou valait-il mieux garder sa bonne humeur ? Le désir d'être heureuse l'emporta finalement.

— Où m'emmènes-tu ?

— C'est une surprise, chuchota Philip Lamberth. Habille-toi vite, il est déjà dix heures, nous devons partir dans un petit moment. J'ai préparé un gofio[1] et du pan con timba[2] pour la petite gourmande. Pendant que tu déjeuneras, je déposerai Mark et reviendrai aussitôt te prendre.

Ann toucha à peine à son sandwich, tant elle était excitée. Par la fenêtre restée ouverte sur le jardinet planté d'hibiscus, d'un manguier, d'oiseaux de paradis et de deux palmiers royaux, le vent pénétrait, chaud et humide, charriant des odeurs de mangues, d'eau croupie et d'oignons frits. « J'ai huit ans ! » pensa fièrement Ann.

Cette nouveauté triomphante allait-elle changer le monde ?

Le long des rues des faubourgs de La Havane, la ligne des maisons s'éclaircissait. Sur les murs d'une boutique délabrée, Ann s'appliqua à lire *Carniceria La Defensa*. Des plaques noirâtres lacéraient les murs. L'enfant imagina le sang des bêtes sacrifiées éclaboussant ce qui avait été une peinture blanche. Certaines avaient dû lutter bravement car les taches s'éparpillaient sur toute la devanture, montaient même jusqu'au premier étage. Un peu plus loin, un vieux Noir en chapeau de paille poussait une misérable mule aux côtes saillantes. La menait-il à la boucherie ? Soudain Philip donna un vigoureux coup de klaxon pour écarter un marchand qui tirait une charrette de légumes et, obliquant à droite, il prit la direction de la mer.

De chaque côté de la longue allée bordée de cocotiers et de palmiers royaux où s'engagea la Chevrolet, des bestiaux paissaient dans des prairies à l'herbe sèche et dure. Des ouvriers agricoles, leurs outils à la main, allaient et venaient. La poussière levée par les pneus de la voiture était si épaisse qu'Ann ne voyait plus rien par la vitre arrière.

La route tourna à angle droit et soudain, impo-

1. Lait au germe de blé.
2. Petit pain fourré de gelée de goyave et de fromage.

sante et légère tout à la fois, surgit une immense demeure coloniale. Deux longues galeries bordées de balustrades à colonnettes blanches suivaient la façade au rez-de-chaussée et au premier étage. Hormis quelques hamacs, des fauteuils de rotin, de gros pots de terre cuite d'où jaillissaient des plantes d'un vert sombre aux feuilles démesurées, tout était désert et silencieux. Cramponnée au siège avant, Ann écarquillait les yeux.

— La Pointe aux Tortues, expliqua Philip en garant la voiture sous un bouquet de palmiers. Je crois que c'est la plus belle, la plus ancienne plantation de toute l'île. Tâche de me faire honneur.

— Est-ce un château pour moi toute seule ? s'écria la petite fille.

Philip sourit.

— Non, mais tu pourras t'y promener pendant toute la journée.

— Une princesse habite-t-elle ici ?

Philip éclata de rire.

— Seulement un monsieur très gentil, Juan Manuel de Villanegro. Son ancêtre est arrivé à Cuba voici quatre cents ans, en même temps que Velázquez et Cortés.

L'allégresse de la petite fille s'effondra brusquement. En lui promettant une surprise, son père avait menti.

Tandis qu'une femme de chambre remplissait le verre d'Ann d'une limonade parfumée à la fleur d'oranger, un domestique noir posait devant elle une deuxième coupe de mousse à la mangue. A quelques dizaines de mètres du patio où dessert et café étaient servis, les vaguelettes du détroit de Floride venaient se briser le long d'une plage de sable blanc. Juan Manuel se pencha vers l'enfant.

— Tu pourras aller te baigner tout à l'heure, Carmen t'accompagnera. Elle sait raconter de magnifiques histoires, ce sera plus amusant pour toi que nos conversations.

Ann ne pouvait s'empêcher de dévisager son hôte. Il avait un accent un peu rocailleux au zézaiement élégant, pas du tout celui des religieuses de son école ou des commerçants du quartier chez lesquels elle se rendait avec sa mère. Bien qu'intimidée, elle avait envie de demeurer avec lui. Peut-être était-ce parce qu'elle avait huit ans maintenant.

— Cela te ferait plaisir ?

Assise dans l'eau à la lisière du sable, Ann laissait les vaguelettes submerger ses genoux. A quelques pas, la jupe retroussée jusqu'au milieu des cuisses, Carmen ramassait des coquillages.

— C'est quoi une révolution ? interrogea l'enfant.

La servante se redressa. Les mains sur les hanches, elle semblait réfléchir.

— Je pense que c'est quand toi et moi n'aurons plus besoin de demander de permission à M. de Villanegro pour nous baigner sur cette plage. Si la révolution l'emporte, elle nous appartiendra à tous.

— On la volera, alors ?

L'enfant n'avait envie de voir personne dans ce royaume dont Juan Manuel lui ouvrait les portes. Bien au contraire, elle désirait y revenir souvent, toute seule, parce qu'elle était l'amie de celui qui le possédait. Malgré les deux belles histoires que la servante venait de raconter, sa sympathie pour Carmen s'évanouit aussitôt. Et pour bien prouver qu'elles n'avaient plus rien en commun, Ann se mit à nager très vite et très loin, exprès pour entendre la Cubaine appeler et supplier.

Lorsque la petite fille reprit pied sur la plage, son père l'y attendait. Un peu plus loin, Juan Manuel donnait des ordres à un jardinier. Sous le soleil brûlant, Philip transpirait abondamment, de larges auréoles soulignaient les dessous des manches de la chemise anglaise.

— Il faut que je rentre à La Havane, annonça-t-il. Je viens d'apprendre que Mark s'est foulé l'épaule au base-ball ; rien de grave, mais je dois le reconduire à la maison.

Juan Manuel avait rejoint Philip.

— Tu peux rester si tu le veux. Je te raccompagnerai chez toi ce soir...

Pour lui permettre de se rhabiller, Carmen conduisit Ann dans une chambre. C'était une pièce immense fermée par des volets intérieurs. Sans doute les fenêtres n'avaient-elles pas été ouvertes depuis bien longtemps car l'air sentait le renfermé, une odeur un peu douceâtre ressemblant à celle de la fleur d'oranger. Dans la pénombre, l'enfant découvrit un grand lit de bois recouvert d'une couverture au crochet, une psyché, une armoire à colonnettes torsadées, deux gros fauteuils identiques à celui de sa propre chambre. Sa robe, sa petite culotte blanche, ses socquettes et les belles chaussures à bride étaient alignées sur une table de rotin installée entre les deux fenêtres. Ignorant Carmen, Ann fit lentement le tour de la pièce, s'arrêta devant la psyché. Il lui semblait qu'en regardant très attentivement, elle verrait surgir dans le miroir ovale une petite fille différente, plus belle, moins timide. La prendrait-elle par la main pour l'entraîner de l'autre côté ? Précipitamment, Ann recula d'un pas.

— Il ne faut pas que les filles se regardent trop longtemps dans les glaces, gronda Carmen, le diable les y guette. (Elle se signa.) Habillez-vous vite, M. de Villanegro vous attend en bas, avec la jeep.

Ann ne se hâta pas. L'idée que Juan Manuel voulait bien s'occuper d'elle la troublait.

— Nous allons à la ferme et, si tu le veux, au moulin à sucre.

La main qui tenait la sienne était ferme et douce, Ann aurait voulu qu'elle ne la lâchât jamais.

La voiture fonçait dans des petits chemins de terre, soulevant des nuages de poussière qui collait à la peau.

— Veux-tu tenir le volant ?

Dans un éclat de rire, la petite fille s'installa sur les genoux de Juan Manuel. Le vent était chaud et lourd. Faisant jaillir une colonie de sauterelles et d'énormes libellules, la voiture passa un rio à sec. La tête rejetée en arrière, l'enfant riait. Jamais de sa vie entière elle n'avait eu cette sensation de bonheur parfait. Le monde était à elle, un monde sans fin, ensoleillé et libre comme celui qu'elle traversait sur les genoux de Juan Manuel.

Appuyés sur un vallon, les bâtiments de la ferme étaient en bois et couverts de feuilles de palme. Du linge séchait, accroché à une poutre de la galerie soutenue par des piliers de ciment brut. Un peu plus loin, les étables et la porcherie se déployaient en angle autour d'une cour de terre battue où stagnaient de larges flaques d'eau. Dans le lointain s'arrondissait la chaîne des montagnes Organos que la chaleur estompait. Dès que la jeep se fut immobilisée, la canicule tomba sur les épaules d'Ann, poissant sa robe. Une légère brise cependant fléchissait la cime des cocotiers réunis en bouquet derrière la ferme, inclinait les gigantesques feuilles des bananiers qu'un grillage protégeait des bêtes.

— Tu vas voir des petits cochons qui sont nés hier matin.

Vêtu d'un maillot de corps, d'un pantalon de toile sale et déchirée, un vieil homme avançait vers eux. Vivement, il ôta son chapeau de paille et fit un large sourire qui découvrit des gencives édentées.

Juan Manuel prit Ann dans ses bras, la posa à terre. «*Norte Americana*», dit-il au vieux paysan en désignant la fillette. Le sourire se figea aussitôt.

Lorsque Ann pénétra dans la cabane à cochons, deux enfants levèrent la tête pour l'observer. L'un ne portait qu'une longue chemise et un chapeau de paille tout cabossé, l'autre un sac de jute serré autour de la taille par une ceinture en fibre de raphia. La petite fille essaya un sourire auquel les enfants ne répondirent pas. Alors elle se rapprocha de Juan Manuel, se serra contre lui.

— Luis, Conchita, ordonna-t-il d'une voix douce mais ferme, montrez les porcelets à la señorita.

Ann contempla de loin les bêtes. Le regard aigu des enfants la mettait mal à l'aise. Debout sur le seuil, son chapeau à la main, le vieillard restait immobile. Les yeux très noirs avaient une expression sans bienveillance. Si Juan Manuel n'avait pas été à côté d'elle pour la protéger, Ann se serait sauvée en courant.

— Maria ne va pas bien, murmura le paysan. Elle peut à peine tenir debout.

— Envoie-la chez le docteur, je paierai.

— Merci, merci, señor.

Le sourire était réapparu mais Ann ne savait pas s'il était méchant ou triste. Elle avait mal au cœur à cause de la chaleur étouffante et de l'odeur forte des porcs.

— J'ai besoin de nouvelles machettes pour la canne.

— Demande-les à Ramon.

La voix de Juan Manuel avait le même ton égal. Rien ne semblait pouvoir le lasser ou l'impatienter. L'homme recula.

— Dites au revoir au señor et à la señorita, ordonna-t-il à ses enfants.

Ann fit un petit signe de la main. Elle avait un peu honte de sa belle robe, des socquettes blanches brodées de dentelle sous les souliers à bride.

Tandis que la jeep roulait vers le moulin à sucre, la fillette ne cessait de penser aux deux enfants. Elle s'en voulait de ne pas avoir trouvé un mot gentil à leur dire.

Sur la plage, ils s'assirent côte à côte à l'ombre d'un bouquet de cocotiers. Le moulin à sucre sombre et bruyant avait effrayé la petite fille, les cuves paraissaient sans fond, prêtes à l'engloutir. Elle avait voulu partir.

La mer était plate. Dans le silence d'un ciel bleu aigu, des pélicans plongeaient çà et là. Deux barques de pêcheurs se balançaient au loin. Ann restait tout près de Juan Manuel. Elle aurait voulu le caresser du bout du doigt, lécher ses mains comme un chaton.

— Tu as une femme ? demanda-t-elle.

Elle désirait poser cette question depuis longtemps et n'avait pas encore osé.

— J'ai eu une femme mais elle est morte.

— Elle était vieille ?

— Non, très jeune au contraire. Elle est tombée malade et s'en est allée.

— On ne devrait jamais quitter ceux qu'on aime, murmura Ann.

Juan Manuel saisit sa main, la porta à ses lèvres. Elle ferma les yeux très fort pour retenir ce bonheur.

— Tu as raison, Anita, on ne devrait pas avoir le droit non plus de quitter ceux qui vous aiment.

— Je ne partirai jamais, affirma violemment la fillette.

— Il le faudra bien. Mais tu devras garder cette île pour toujours dans ta mémoire et dans ton cœur. Le promets-tu ? Ne pleure pas, Anita, l'amour n'atteint sa véritable dimension qu'au moment de la séparation, tu comprendras cela plus tard.

Juan Manuel se leva. Sa silhouette haute et mince dominait la petite fille. Elle tendit une main et il l'aida à se relever.

— N'oublie jamais la Pointe aux Tortues.

Lui aussi avait des larmes dans les yeux.

— Tu es chez toi, affirma l'enfant. On n'a pas le droit de voler les maisons.

— Ma famille possède la Pointe aux Tortues depuis plus de quatre cents ans mais on me la prendra. Maintenant, ne parlons plus de ces choses tristes, je vais te ramener chez toi et en route nous nous arrêterons chez un marchand de jouets, tu y choisiras ce que tu voudras.

Main dans la main, ils rentrèrent en suivant la plage. Ann pensait qu'elle venait de vivre le jour le plus important de sa vie.

# 2

Quoique la chaleur de fin octobre fût plus clémente, une tension presque électrique se propageait d'un quartier à l'autre de La Havane. Les rues de la ville, comme celles des faubourgs, étaient quadrillées par des voitures de l'armée. Pour la troupe de Batista, la moindre agitation était prétexte à une brutale répression. Par groupes entiers, les Américains quittaient l'ile, quelques riches bourgeois cubains fermaient aussi leur belle maison du quartier de Miramar. Dans les jardins enfermés de hauts murs se fanaient roses, jasmins et géraniums. De forts vents apportaient des montagnes une odeur grisante. L'été s'achevait sur un temps qui semblait sans retour.

Ann mit les deux mains sur ses oreilles pour ne plus entendre. A nouveau ses parents se querellaient.

— Pour une fois, écoute-moi, bon Dieu ! hurlait Philip. Nous avons deux enfants, l'oublierais-tu ?

Le dos appuyé contre le buffet de la salle à manger, Pamela tenait tête. Depuis quelque temps, elle avait abandonné les mots violents pour des arguments froids, tranchants, sans réplique. Terrifiée, l'enfant comprenait que quelque chose de grave et de définitif se tramait au cœur de sa propre famille.

— Viens, suggéra Mark gentiment, allons jouer dehors.

Sous le manguier du jardin, les enfants avaient installé ce qu'ils appelaient le campement : une tente à l'effigie d'un vieil Indien fumant sa pipe, cadeau d'un Noël précédent, un vieux banc repeint par Mark en vert laitue et sur lequel Ann avait dessiné des fleurs qui souriaient, un pichet de plastique rose servant à se rafraîchir la tête, à boire ou à élever des têtards, une batte et un gant de base-ball qu'Ann n'avait pas le droit de toucher sans l'autorisation de son grand frère.

— Allons dans notre tente, décida Mark.

Le soir tombait. Il faisait moins chaud sous le grand

arbre où était dépliée la pièce de toile. Dans l'air flottait une odeur d'orange et de sirop de canne.

— Pourquoi papa et maman se détestent-ils ? interrogea Ann.

Quoiqu'elle fît un effort violent pour ne pas se montrer trop puérile, elle avait les yeux pleins de larmes.

— Je crois que papa veut retourner en Amérique et que maman a décidé de rester ici.

L'air triste de Mark affola Ann davantage encore. En un éclair, elle revit l'image de la bible familiale : deux femmes se disputaient un garçonnet devant un homme barbu. On voyait un esclave à moitié nu tenant le bébé par un pied, une grande machette à la main, prêt à couper l'enfant en deux. Etait-ce le sort qui leur était réservé ?

— Et nous ? demanda-t-elle d'une voix tremblante.

— Moi, je partirai avec papa, affirma Mark aussitôt. Les hommes de la montagne détestent les Américains. A l'école, on dit qu'ils les fusilleront tous.

— Même les petits enfants ?

— Je ne sais pas. Mais si papa s'en va, je rentrerai chez nous avec lui.

— C'est quoi, chez nous ?

— Philadelphie. C'est là qu'habitent grand-père et grand-mère.

— Et maman ?

Mark haussa les épaules. Sous l'air désinvolte qu'affichait son frère, Ann décelait une angoisse semblable à la sienne.

— Maman ne voudra pas rester toute seule, il faudra bien qu'elle parte avec nous.

— A table ! lança Pamela Lamberth. La soupe va refroidir.

A pas traînants, Mark et Ann revinrent vers la maison. L'ajiaco était déjà servi. Les enfants détestaient cette soupe épaisse de haricots, légumes et patates douces qu'on les forçait à ingurgiter pratiquement chaque jour de la semaine. Tous les dimanches, Pamela en cuisinait une marmite entière, trouvant commode d'en réchauffer un peu lorsqu'elle rentrait tard de l'université. Philip était déjà assis. Le nez dans son bol, il semblait encore renfrogné. Sur la table étaient disposés un plat de riz et de poulet, un flan au caramel, un pichet de vin, une carafe d'eau fraîche.

— Je viens de recevoir un coup de téléphone du père Juan Suarez, reprocha aussitôt Pamela en regardant son fils droit dans les yeux. Il paraît que tu as manqué le cours de gymnastique, peux-tu me dire pourquoi ?

— Je ne me sentais pas bien.

C'était un demi-mensonge. Mark en vérité se sentait trop perturbé pour courir ou sauter sur un cheval d'arçon.

— Tu m'as l'air bien remis.

L'enfant baissa la tête. Il aurait tout donné pour que cette mère qui s'apprêtait à l'abandonner cessât de le gronder. Malgré les regards désespérés de son fils, Philip ne soufflait mot. Depuis son retour de la banque, il n'avait cessé d'être sur les nerfs et redoutait, s'il intervenait, de ne plus pouvoir se contrôler. La volonté de Pamela de rester à Cuba avec Ann l'atterrait. Les uns après les autres, il avait écouté ses arguments ; chacun militait pour le nouveau régime qu'elle ne laissait d'appeler de tous ses vœux. La révolution apporterait une ère nouvelle, régénérerait l'humanité, elle y croyait absolument. Il n'était pas question qu'elle passe à côté de cette aventure unique, exaltante. Quant à Ann, elle n'avait que huit ans et ne pouvait vivre sans sa mère. C'était par ailleurs une chance inouïe pour une enfant de cet âge de participer à la renaissance de Cuba.

— Et puis, prononça Mark dans un souffle, je n'ai pas entendu sonner la cloche du début des cours, je discutais avec Marshall Linsey. Nous parlions de Fidel Castro.

Pamela redressa la tête. Son regard fiévreux frappa l'enfant.

— Vraiment ? Et que disiez-vous ?

— Marshall pense qu'il déteste les Américains.

— Comment ton copain connaît-il si bien les pensées de Castro ?

— C'est son père qui le dit et tous leurs amis aussi.

— As-tu jamais réalisé que nous n'étions pas chez nous ici ? Le père de Marshall a bien raison de croire que Fidel ne l'aime pas parce que voilà vingt ans que sa famille s'enrichit au détriment des Cubains. (Le ton était méprisant.) Demande à ton ami s'il sait comment vivent les paysans, les employés, les artisans ? Certains gagnent deux pesos par jour, le prix d'un de tes sodas.

Avec des gestes appliqués, Pamela se servit de la soupe. L'immense désarroi qui la minait depuis sa décision irrévocable de rester à Cuba ne pouvait s'extérioriser qu'en paroles agressives. Si elle s'attendrissait, aurait-elle le courage de tenir bon ? Sa famille, encore une fois, la happerait, la contraindrait à se sacrifier. A Ernesto elle avait juré qu'elle ne changerait pas d'avis. Plutôt que cette froideur, cette ironie, Mark aurait préféré que sa mère se mette en colère, qu'elle le rabroue. Mais, sans plus le regarder, elle entamait son repas. Ann aurait souhaité devenir une bête minuscule, un brin d'herbe. Disparaître. Quoique ne comprenant pas totalement le sens des mots prononcés par sa mère, elle sentait bien qu'ils signifiaient quelque chose d'important. Juan Manuel avait parlé, lui aussi, de ces hommes barbus cachés dans la montagne. Quel pouvoir détenaient-ils pour qu'on les craigne ou les admire si fort ?

Difficilement, la fillette avala le reste de la soupe. Personne n'émettait plus le moindre mot. La nuit était tombée, le vent tiède qui traversait les fenêtres ouvertes soulevait les coins de la nappe, faisait danser le lustre de cuivre au-dessus de la table.

— J'ai reçu cet après-midi la visite d'un sbire de Batista, annonça soudain Pamela. Nous avons devisé une petite heure pas très amicalement.

— Que te reprochait-il ? s'inquiéta Philip. La louche pleine de riz restait immobile entre le plat et son assiette.

Pamela eut un petit rire ironique.

— Que penses-tu qu'il ait à me reprocher ? Tout le monde sait à l'université que je suis libérale. (Elle avait hésité avant de prononcer le mot libéral, il ne fallait pas inquiéter les enfants.) Ma présence n'est plus franchement souhaitée ici. Mais je resterai. Encore quelques semaines et tout aura changé.

— Et moi, et ta famille ?

Philip repoussa son assiette. Allait-il être chassé de Cuba comme un paria ?

— Toi ? Mais ton avenir est clair, n'est-ce pas ? La Pennsylvanie, une petite position bien peinarde à la banque Midland, une bière entre copains le samedi, des vacances au Colorado ou en Floride, une nouvelle voiture tous les deux ans. Je ne me fais pas de bile pour ton bonheur.

— Il fut un temps où nous le partagions.

— A Yale, il y a quinze ans.

Philip posa sa serviette sur la table. Pour éviter de perdre le contrôle de lui-même devant les enfants, de jeter à la tête de Pamela ses quatre vérités, de lui crier son mépris, il se leva et quitta la pièce.

La nuit, Ann eut un cauchemar. Elle vit son père, poussé par des hommes barbus, disparaître dans un trou sans fond, et elle avait beau l'appeler, il semblait ne rien entendre. Etait-il mort ? Elle hurla. Quelques instants plus tard, Pamela alluma la lumière de la chambre, se pencha sur l'enfant, mais Ann s'enfouit sous les draps en pleurant. Il fallut la présence de son père pour qu'enfin elle se calme. Avant de sombrer à nouveau dans le sommeil, la fillette entendit ses parents qui se disputaient encore.

# 3

Alors que Pamela préparait le dîner de Thanksgiving, Philip demanda aux enfants s'ils avaient envie d'aller faire un tour sur le Malecon. D'un jour à l'autre les nouvelles les plus contradictoires circulaient, affolant les uns, galvanisant les autres. Avides de sensations, quelques touristes américains se hasardaient encore au casino, dans les salons de l'hôtel National et au *Sloppy's Joe Bar*. Il avait plu des torrents en début d'après-midi. Philip s'assit avec ses enfants à la terrasse d'un café. Le vent sentait le parfum doux d'après l'orage mêlé aux senteurs entêtantes des acacias. A côté d'eux, une mulâtresse très maquillée riait aux éclats. Une patrouille de militaires, mitraillette au poing, passa.

— Il faut que je vous parle de choses sérieuses, se décida soudain Philip.

Les enfants arrêtèrent de déguster leur glace. Mark comme Ann savaient fort bien que cette promenade n'était pas anodine, jamais leur père ne les sortait ainsi avant le repas du soir.

Philip cherchait ses mots. Il but une longue gorgée de bière, puis posa précautionneusement la chope sur le petit napperon en dentelle de papier.

— Il va y avoir une guerre à Cuba, enfin une sorte de guerre et je dois rentrer aux Etats-Unis.

— Je t'accompagne ! s'écria Mark.

— Moi aussi, surenchérit Ann.

— Et ta mère ? interrogea Philip en regardant sa fille droit dans les yeux, tu la laisserais toute seule ici ?

Interdite, l'enfant fixa la boule de glace qui fondait dans la coupe.

— Mais maman viendra avec nous !

— Elle veut rester. Elle pense qu'on aura besoin d'elle à l'université.

— Elle souhaite que la révolution gagne, remarqua sourdement Mark, que nous soyons tous chassés de Cuba.

— Qu'elle le veuille ou non, les Américains sont déjà en train de plier bagages ainsi que beaucoup de Cubains. Toi et moi prendrons l'avion juste avant Noël. Nous irons chez grand-père et grand-mère à Philadelphie.

— Et moi ? interrogea Ann anxieusement.

Sa voix tremblait.

— Tu resteras encore un peu avec ta maman. Vous nous rejoindrez plus tard. Tu sais qu'elle t'aime beaucoup, elle serait trop malheureuse sans toi.

Aucun argument, aucune réplique ne venait à l'esprit de l'enfant, elle se sentait prisonnière, enfermée entre quatre murs sans pouvoir rien tenter pour s'échapper. En un éclair, la fillette entendit Juan Manuel assis sur la plage. « J'irai Dieu seul sait où, en Espagne peut-être. »

— Et M. de Villanegro ?

— Il va s'en aller, lui aussi, très bientôt.

Ann ferma les yeux.

A quelques pas de la terrasse du café, trois hommes en civil abordaient sans aménité une jeune femme. L'un d'entre eux la saisit par le bras et l'entraîna vers une voiture en stationnement. Elle fit une tentative pour se dégager mais les deux autres la poussèrent brutalement à l'intérieur du véhicule qui démarra aussitôt.

— Je crois qu'il est temps de rentrer, murmura Philip.

Jusqu'à la mi-décembre la vie quotidienne des Lamberth se poursuivit sans changement notable et, soudain, dix jours avant Noël, toutes les habitudes furent chamboulées. Philip ne se rendait plus au bureau, Mark avait quitté l'école. Dans de grosses valises extraites du haut des placards s'entassaient leur linge, des livres, des dossiers, des jouets. Pamela, qui jusqu'alors avait tenté de garder une attitude désinvolte, devint sombre, avec des réactions imprévisibles, toujours extrêmes. Elle semblait déchirée elle aussi, écartelée entre la douleur de voir partir son fils et l'extrême joie que lui procuraient ses espérances. Comme si elle craignait que son mari, changeant soudain d'avis, ne s'emparât d'Ann, elle ne la quittait plus.

L'université était fermée, La Havane vivait des jours d'effervescence. Dans les beaux quartiers, à Miramar, à Varadero, les maisons une à une étaient désertées par leurs riches propriétaires. Aux abois, les miliciens de Batista multipliaient les arrestations. Une nuit, les habitants entendirent des explosions suivies de tirs de mitrailleuses.

Ann entrouvrit les volets de sa chambre. Il était tard, minuit peut-être, l'heure interdite, mais elle ne fit aucun bruit pour n'éveiller personne. Les valises étaient bouclées maintenant. Au cours du dîner, ses parents, renonçant aux reproches et à l'agressivité qui les dressaient l'un contre l'autre depuis des mois, s'étaient enfin parlé gentiment. Philip avait affirmé qu'il les attendrait aussi tôt que possible à Philadelphie, certainement pour les prochaines vacances d'été. Vis-à-vis de sa fille, il s'était montré très tendre. Après le café, il l'avait prise sur ses genoux pour lui demander de prendre soin de sa maman, d'écrire souvent, sans oublier d'envoyer les beaux dessins qu'il aimait tant. La fillette avait écouté sans témoigner d'émotion mais lorsque son père s'était penché pour l'embrasser, elle l'avait écarté durement.

De toutes ses oreilles, Ann écoutait les bruits de la nuit. Quoique les lumières des maisons voisines fussent éteintes, une rumeur courait dans les rues, des femmes criaient, des hommes s'interpellaient. Elle perçut très clairement les mots « Vive Fidel, vive le Che, nous vaincrons avec eux ! » Quelques coups de feu retentirent. L'air était tiède. Les roses, les géraniums que Pamela avait plantés dans le jardinet embaumaient. Intensément, l'enfant observait la maison voisine où habitait son amie Teresita, le toit en tuiles roses des vieux Padilla qui lui offraient parfois un beignet ou un biscuit à la cannelle. Les grandes branches du ficus qui poussait au coin de la rue escaladaient les murs des jardins ; elles dispensaient une ombre précieuse lors des grosses chaleurs de l'été. Aucune tempête tropicale n'était parvenue à le déraciner. Quoique ces repères familiers demeurassent immuables, la fillette savait qu'ils n'auraient plus la même signification pour elle. De toutes ses forces, elle aurait voulu retenir le temps, empêcher le jour de se lever, rester des années et des siècles à cette fenêtre, immobile comme la Princesse au Bois Dormant.

Les cauchemars réapparurent dès la nuit qui suivit le départ de Philip et de Mark. En chemise de nuit, Pamela surgit dans la petite chambre mais l'enfant se débattit lorsque sa mère voulut l'embrasser, se cacha sous le drap.

Quand la porte fut close, Ann se redressa, scrutant la nuit, pleurant en silence des larmes brûlantes qui tombaient sur le pyjama de coton rose.

En se rendant à l'école, la fillette pensait sans cesse à son père, à Mark et à Juan Manuel. Parfois, elle revenait sur ses pas pour prendre une autre rue afin de rester libre et errante comme une petite ombre à laquelle personne n'attachait d'importance. C'était la même ville, le même quartier, et cependant elle s'y sentait seule. En groupes serrés, des militaires la croisaient, elle savait qu'ils étaient là pour faire peur, jeter en prison des hommes et des femmes, et cependant c'était grâce à la présence de ces soldats que Juan Manuel, les religieuses qui l'éduquaient, les familles de la plupart de ses amies pouvaient rester à Cuba. L'enfant remarquait leurs gestes brusques, l'expression fiévreuse de leurs regards. Tout autant que leurs victimes, ils étaient terrifiés. La rue longeait des murs derrière lesquels jaillissaient des branches de mimosas, des manguiers ou des bouquets de palmes. Çà et là, quelques échoppes offraient des boissons fraîches, des cigarettes, des pâtisseries. Tous les commerçants connaissaient la fillette et la saluaient. Le dimanche, lorsque autrefois elle se rendait à la messe avec son père et Mark, les volets des boutiques du quartier restaient clos. Vêtues de robes élégantes, les commerçantes tiraient leurs enfants par la main, les invectivant d'une voix forte à la moindre incartade, tandis que les maris, panama sur la tête, devisaient entre eux.

La veille de Noël, Pamela vint s'asseoir auprès du lit de sa fille. Elle avait une expression si triste qu'Ann n'osa la repousser à nouveau.

— Il faut que nous parlions, implora la jeune femme.

Immobile, les yeux fixés au plafond, Ann écoutait. Elle savait qu'il fallait faire front, se heurter aux mots comme dans un combat singulier.

— Quand partirons-nous en Amérique ? interrogea-t-elle, continuant à fixer la tache de lumière que la lanterne accrochée au mur de la terrasse promenait sur le plafond au gré d'un souffle de vent.

Pamela réfléchissait pour trouver les mots justes. Ann devinait qu'elle cherchait un mensonge pour la rassurer et se réconcilier avec elle.

— Plus tard, lorsque nous aurons vécu toi et moi les jours merveilleux qui sont sur le point d'éclore.

Lentement l'enfant bougea la tête, posa son regard sur sa mère.

— Que va-t-il donc arriver ?

— Un homme très gentil va devenir notre nouveau chef. Il va reprendre tout l'argent volé aux pauvres et le leur rendre. Ensuite, chaque Cubain pourra vivre heureux.

— Comme Robin des Bois ?

Pamela posa ses doigts sur la tête de sa fille et caressa doucement les cheveux dorés.

— Tu ne veux plus voir les enfants mourir de faim, n'est-ce pas ?

Ann pensait à la Pointe aux Tortues, à la grande maison si belle et silencieuse, aux domestiques en tabliers blancs, à la plage déserte et à Juan Manuel assis à côté d'elle, lui parlant comme à une amie.

— Je t'aime très fort, continuait sa mère. Toi et moi serons heureuses ensemble, même loin de papa.

— Et de Mark ? (Pamela baissa la tête.) Je veux

qu'ils reviennent, insista la fillette, que nous soyons tous réunis.

Sa mère l'embrassa sur le front, éteignit la lumière.

— Il faut essayer de ne plus penser à eux.

Pamela aurait voulu dire encore quelques mots mais l'émotion lui nouait la gorge.

## 4

Batista avait pris la fuite. La poigne de fer qui avait tenu Cuba tant d'années durant en un instant s'était relâchée. Suivant leur chef Fidel Castro, les barbus, les loqueteux, les insurgés de la sierra Maestra remontaient l'avenida del Puerto.

Tenant sa fille par la main, Pamela criait si fort sa joie qu'elle en avait la voix cassée. Depuis décembre, la ville soumise au pillage, à une violence parfois aveugle attendait un dénouement à ces drames. Personne ne travaillait. Tout d'abord, Ann eut peur des vingt et un coups de canon tirés des bateaux, de ces soldats barbus que la foule acclamait, des armes effrayantes qu'ils tenaient comme les malfaiteurs des bandes dessinées. Serrée contre sa mère, l'enfant parfois fermait les yeux, excitée cependant par les acclamations, la liesse de toute cette foule, Noirs, mulâtres et Blancs mélangés. Des femmes jetaient des fleurs aux soldats, une jeune fille lançait des baisers tandis que le pas des guérilleros martelait les rues, grossissait, prenait possession de la ville, de l'île tout entière. Maintenant Ann gardait les yeux grands ouverts. Le soleil encore chaud faisait transpirer la foule, des marchands ambulants proposaient du jus de canne glacé, des sodas américains, des beignets, des tamales[1] comme dans les fêtes.

De la foule montait une fièvre. Des camions, sur lesquels flottait le drapeau rouge et noir des rebelles,

1. Feuille de maïs fourrée d'un hachis.

avançaient au pas, Fidel approchait et chacun tentait de refluer vers le palais où il allait s'adresser à tous. Avec les autres, Ann cria « *Viva Fidel !* ». Personne ne pouvait résister au courant de joie, de folie. Accrochée à la main de sa mère, elle se haussait sur la pointe des pieds, riait d'apercevoir des fleurs dans les canons des fusils. « *Viva, viva la revolución !* » hurlait une mulâtresse à côté d'elle.

Une houle de drapeaux, de panneaux montait et descendait, des confettis, des bandes de papier crépon noires et rouges tombaient sur les épaules, s'accrochaient aux cheveux. Les larmes aux yeux, Pamela se pencha vers sa fille.

— Un jour, Ann, tu me béniras pour les décisions que j'ai dû prendre à ta place.

Ann ne comprenait pas bien ce que sa mère voulait dire mais jamais elle n'avait vu une telle expression de bonheur sur son visage. Cela signifiait que rien de mal ne pouvait arriver. En face de son père, même quand il mettait beaucoup de gentillesse dans sa voix, jamais Pamela ne souriait, chaque mot prononcé par lui semblait l'irriter. Ann se souvenait qu'un soir Philip avait apporté un bouquet que Pamela n'avait pas même pris la peine de mettre dans un vase. Le lendemain, toutes molles et affadies dans leur joli papier transparent, les fleurs étaient mortes.

A quelques pas un pétard éclata, faisant sursauter un vieux monsieur nostalgique coiffé d'un panama.

— Vite ! Allons au palais présidentiel, décida Pamela fébrilement. Je veux l'entendre parler.

Malgré son épuisement, Ann suivit sans protester, étourdie par l'énervement et le bruit.

Loin, très loin, un grand homme barbu, une casquette militaire verte sur la tête, commença sa harangue. La foule buvait ses paroles. Mais Ann n'avait pas envie de l'aimer. C'était à cause de lui que son papa et Mark avaient quitté Cuba, que Juan Manuel était triste.

« Je ne suis pas attaché à ce palais présidentiel, disait l'homme, je préfère la vie dans les montagnes.

Jamais je n'ai été aussi heureux qu'à Pico Turqueno[1]. Venez tous au camp Columbia parce qu'il appartient désormais au peuple, à vous tous. »

La foule hurlait, des paysans pieds nus, le ventre gonflé par les parasites, répétaient, la voix tremblante d'émotion : « *Gracias Fidel, gracias Fidel.* »

« Maintenant, je vais vous demander de me faire un passage jusqu'à ma jeep. On me dit que j'ai besoin d'une escorte mais, moi, j'affirme que le peuple prendra soin lui-même de ceux qui le défendent et je connais le peuple. Pas un seul soldat ne m'accompagnera et le monde entier verra combien nous sommes tous disciplinés et civilisés, qu'ici nous sommes à Cuba. »

L'homme avait disparu du balcon et soudain la foule commença à s'écarter pour faire un passage. Vêtu de son uniforme vert, le barbu avançait entre deux murs d'êtres humains comme Moïse au milieu des flots. Ann le vit tout près d'elle. Il avait les yeux clairs, la peau blanche mangée par une grande barbe d'ogre, le regard doux. Elle en fut troublée. Comment un méchant pourrait-il avoir cet air de bonté ? Etait-ce lui qui trichait ou elle qui se trompait ?

Bien que l'heure du dîner fût largement passée, Pamela, l'oreille collée à la radio, n'avait rien préparé. Toute seule, Ann s'était confectionné un sandwich au beurre de cacahuètes et avait dévoré un paquet de biscuits au chocolat fourrés de crème à la vanille qui lui donnaient maintenant mal au cœur. La rue était déserte. L'enfant sortit sur le pas de la porte. Le tourniquet d'irrigation installé par son papa fonctionnait. C'était comme un appendice palpitant encore alors que Philip avait disparu. La fillette serra les dents pour ne pas pleurer. La nuit précédente, elle avait rêvé qu'elle était sur la plage en face des côtes américaines. Longtemps elle hésitait, puis lentement avançait dans les flots, nageait, nageait. Mais son corps s'enfonçait dans la mer comme dans des sables mou-

1. Dans la sierra Maestra où s'étaient réfugiés les guérilleros.

vants, elle était peu à peu engloutie, seule une de ses mains émergeait encore... Elle avait appelé et Pamela, réveillée une fois de plus, s'était mise en colère.

Malgré l'absence de circulation, la petite rue bruissait de mille infimes rumeurs. Ann perçut le léger crissement des branches du ficus planté contre la maison de leurs voisins, le grincement d'un portail en fer forgé poussé par le vent, un chat se glissait le long du trottoir. Un peu plus loin, un vague air de mambo s'insinuait entre les murs aveugles de la minuscule ruelle qui rejoignait la place. Mais peut-être rêvait-elle car personne à cette heure ne dansait, chacun, l'oreille collée au poste de radio, écoutait le dieu barbu.

Ann revint dans le salon. Sa mère n'avait pas bougé.

— Chut, ordonna-t-elle avant même que l'enfant ait parlé.

Le dos au mur, Ann s'assit sur les talons. Elle était fatiguée, elle avait envie de vomir.

« A partir d'aujourd'hui, le pouvoir de décision est entre les mains du peuple, tonnait la voix dans la radio, c'est le peuple qui nous dictera sa volonté. Je suis un homme qui sait quand il devra partir... »

Plus forte que la voix du barbu, celle d'une journaliste s'imposa. « Une colombe, une colombe blanche vient de se poser sur l'épaule de Fidel ! » Le timbre exprimait un irrésistible enthousiasme, une dévotion religieuse.

— Trop beau, murmura Pamela, c'est probablement combiné d'avance.

Mais sa voix était, elle aussi, chargée de ferveur.

« Nous ne serons jamais des dictateurs, poursuivait l'orateur, parce que nous avons avec nous l'amour du peuple. Nous n'avons plus besoin d'armes. Voulons-nous retourner à l'époque de la guerre des gangs ? Menacer le gouvernement ? *¿ Armas para qué ?* » interrogeait-il d'une voix fébrile. Et la foule en roulement de tonnerre répétait : « *¿ Armas para qué, armas para qué ?* »

Dans son petit lit, Ann mit beaucoup de temps à s'endormir. Elle songeait à Fidel, à sa voix chargée de passion. Là où il dormait maintenant, se sentait-il aussi solitaire qu'elle ?

## 5

Au printemps, l'enseignement avait recommencé dans les écoles. Quoique beaucoup de boutiques fussent encore fermées, la vie quotidienne reprenait peu à peu, différente cependant de celle « d'avant ». Avec l'institution de milices, le nouveau régime plaçait ses pions méthodiquement, inéluctablement. On parlait de nombreuses exécutions qui révoltaient l'opinion internationale mais ne préoccupaient guère les Cubains. Une purge impitoyable avait éliminé une grande partie des professeurs de l'université de La Havane. Ceux connus pour leurs sympathies castristes s'étaient bien sûr maintenus et affirmés. Pamela Lamberth en faisait partie.

En mai, les pluies tombèrent en violents orages qui laissaient dans les rues de grandes flaques où les enfants jouaient pieds nus. Le dimanche, les plages regorgeaient de baigneurs mais, comme des géants à l'agonie, les hôtels du front de mer restaient presque vides. Le casino avait fermé ses portes. Vidée de ses touristes, La Havane changeait de visage, comme si l'invité encombrant était enfin parti, laissant ses hôtes reprendre une existence sans façons, sans fastes ni gênes inutiles.

En sortant de l'école, Ann aimait flâner dans les vieux quartiers de la ville. Chaque minute gagnée dans la rue retardait le moment où elle aurait à pousser la porte de la maison vide. Pamela ne rentrant jamais avant sept heures, l'enfant disposait de longs moments de solitude. Elle ne pénétrait jamais dans la chambre de Mark, ni dans celle de sa mère, vacante de tout objet ayant appartenu à Philip. De son père la fillette avait reçu en janvier une carte postée de Philadelphie, puis plus rien. Était-il mort ou l'avait-il oubliée ? A Cuba, on accusait les Américains de mille forfaitures, Ann n'osait plus parler anglais, c'était une langue secrète désormais, la langue de sa mémoire et de son cœur qu'elle prononçait dans sa tête et dans ses rêves. Afin de ne pas se trahir, elle donna toutes ses poupées, même l'ours en peluche reçu pour son premier Noël. Maintenant, elle n'avait plus personne à qui s'adresser.

Dans la cuisine, elle se préparait pour le goûter un petit pain avec de la gelée de goyave et du fromage, un verre de lait, puis s'installait sur la balancelle du jardin. Le lent bercement l'apaisait, accompagnait le mouvement spontané de son corps d'avant en arrière, d'arrière en avant, comme celui d'une bête captive.

Quand l'heure du retour de sa mère approchait, Ann s'arrachait à son néant pour commencer ses devoirs. La tête penchée sur son cahier, elle faisait semblant d'être absorbée mais ne pensait à rien de précis en réalité. Ses notes devenaient catastrophiques, on parlait de la faire redoubler. Elle s'en moquait. Pendant le dîner, la plupart du temps une soupe, du riz et des haricots au poulet ou au porc, Pamela parlait de ses étudiants, proclamait fièrement qu'ils étaient formidables, que, grâce à cette génération, Cuba allait éclairer le monde latin. Elle regrettait sa propre enfance en Nouvelle-Angleterre, dans un milieu terne et conventionnel, entre un père qui tenait le drugstore local et une mère au foyer. Elle avait connu la Seconde Guerre mondiale, le retour des soldats animés d'un patriotisme conquérant. L'Amérique étendait ses ailes sur le monde. Ann imaginait un aigle immense prêt à dépecer quiconque se trouvait en travers de son chemin. Il avait un œil cruel, des serres dures et acérées.

— Grand-père et grand-mère sont gentils, protesta-t-elle un soir.

— Bien sûr qu'ils le sont, avait rétorqué Pamela, mais qu'ont-ils fait en faveur des autres, ceux qui peinaient à côté d'eux pour gagner trois sous ?

— Vont-ils aller en enfer ? s'était inquiétée la petite fille.

— Non, parce que ni le ciel ni l'enfer n'existent.

— Tu es une menteuse !

Face à cette violence subite, inhabituelle, Pamela était restée sans voix. Puis elle avait haussé les épaules et parlé d'autre chose.

Début juin, alors que les écoles fermaient pour l'été, Pamela annonça à sa fille qu'elle allait partir une semaine dans la région de Pinar del Rio pour alphabétiser des paysans. Pendant ce temps, Ann irait dans un camp d'été organisé par l'université où les enfants des professeurs pouvaient se divertir au bord de la mer du matin au soir. A neuf ans, elle devait intégrer un groupe, partager un idéal, des moments constructifs avec d'autres fillettes de son âge plutôt que de rêvasser à la maison. Plus le visage de l'enfant se fermait, plus Pamela mettait dans sa voix des accents enjoués. Lors de ce camp, elle planterait des arbres fruitiers, apprendrait à couper la canne, ferait du sport. L'afflux des mots dithyrambiques terrorisa Ann. Que tramait-on encore contre elle ? Pour l'abandonner à son tour, sa mère avait-elle résolu de la fourrer dans un orphelinat ?

Pamela dormait lorsque Ann se leva sur la pointe des pieds. L'orage était fini. Autour d'une lune encore voilée brillaient des milliers d'étoiles. Précautionneusement, elle s'empara du téléphone, composa avec application le numéro des Lamberth à Philadelphie. Un sifflement strident, continu la fit sursauter. Son père avait-il quitté l'Amérique ? A la troisième tentative infructueuse, Ann reposa le combiné. Désormais, elle savait qu'elle ne pouvait compter que sur elle-même.

En arrivant au camp, la fillette fit semblant d'être heureuse, rangea ses affaires dans le petit placard en tête de son lit, participa aux jeux. Bien que la nourriture servie pour le repas du soir ne lui plût guère, elle l'ingurgita presque entièrement, ne laissant de côté que la couronne gélatineuse et grasse du morceau de porc. Mais une grosse dame à la peau luisante surgit bientôt et la força à terminer son assiette. Elle dut serrer les dents pour ne pas vomir.

A l'extinction des lumières, on leur fit entonner une chanson à la gloire de la révolution. Puis Ann feignit de dormir. A sa droite, la petite mulâtresse maigrichonne respirait bruyamment, à sa gauche la rouquine s'était assoupie. Retenant son souffle, Ann guetta un long moment, les yeux écarquillés dans la nuit. Le vent froissait les palmes des cocotiers plantés derrière la fenêtre, on percevait le ressac monotone des vagues se brisant sur la plage. Des chats miaulèrent sauvagement puis le silence revint. La fillette repoussa les draps. Sous le lit, dans le petit sac à dos que chaque enfant avait reçu à son arrivée au camp, elle avait glissé un morceau de pain récupéré lors du dîner, un tricot, un maillot de bain, une photo de sa famille prise l'été précédent à Varadero, la jolie carte de Noël avec un sapin couvert de guirlandes en poudre d'ange envoyée par sa grand-mère des années auparavant, tous ses trésors. Vite, elle passa ses sandales, ôta la veste de pyjama, enfila une chemisette de coton jaune, attacha ses cheveux avec un élastique. Quelqu'un passait dans le couloir, elle s'immobilisa, prête à se glisser sous le drap, mais les pas s'éloignèrent.

Prudemment Ann avança vers la porte, l'entrouvrit. Le corridor était obscur. Si une bête était tapie dans un coin, elle n'aurait aucune chance de l'apercevoir à temps. Chaque pas était un supplice mais l'entrée, proche maintenant, donnait sur la cour arrière du bungalow et la liberté. Debout sur la pointe des pieds, l'enfant repoussa le léger verrou. Le vent tiède l'enveloppa aussitôt. Il sentait la poussière, l'iode mêlé aux relents âcres du local à poubelle situé derrière les cuisines. Soigneusement, Ann referma la porte. Personne ne l'avait vue, elle était libre enfin.

Instinctivement, elle se dirigea vers la plage. Là, il suffisait de marcher à la lisière de l'eau pour s'éloigner sans risque. La lune, pleine à moitié, répandait une lumière ténue qui permettait de contourner les obstacles ; une caisse éventrée, un tonneau de plastique en partie immergé. Un moment, l'enfant s'amusa à pousser droit devant elle un vieux ballon crevé. Un coup de pied trop fort le projeta dans la mer, elle le chercha un instant des yeux mais ne vit que la frange mousseuse des vagues portées par le vent d'ouest.

Depuis La Havane, l'autobus avait roulé longtemps vers l'est, le bourg de Caïbarien devait donc être proche. De là, avec les pesos que sa mère lui avait donnés, elle prendrait un car pour Santa Clara : l'année passée, une camarade américaine se vantait à l'école d'y atterrir chaque fin de semaine dans le Cessna de son père. Il y avait donc un aéroport. Elle le trouverait, se glisserait en cachette dans un avion en partance pour les Etats-Unis. Tout en marchant, Ann fit un effort pour se souvenir de la vieille demeure de Philadelphie construite au milieu d'une pelouse plantée de hêtres et de magnolias. Elle revoyait le porche avec son pignon au toit pointu, la galerie courant sur la façade sud où sa grand-mère peignait ses aquarelles, le sol de l'entrée recouvert d'une moquette rose et la rampe d'escalier peinte en blanc. Tout au fond, la porte donnant sur le salon était toujours close. Ann ne se souvenait plus des meubles ni des tableaux qui y étaient disposés, seulement d'un piano dans un angle, près de la fenêtre ouvrant sur le petit étang et d'un héron bleu empaillé dont l'œil fixe et méchant lui faisait peur.

Au deuxième étage se trouvait sa chambre. Elle se la rappelait bien, surtout le lit avec ses rideaux de coton blanc et le fauteuil à bascule recouvert d'un patchwork confectionné au crochet. Au-dessus de la cheminée était pendu un tableau représentant trois chatons dans une corbeille.

Tout proche, un oiseau s'envola. Le cœur battant, l'enfant s'immobilisa. Mais la plage était déserte, rien ne bougeait plus.

Ann avait un peu sommeil. Elle ne voulait pas dormir mais s'asseoir un instant, manger quelques bouchées de pain, serrer la photo contre elle pour reprendre courage. En pensant à sa mère, elle avait envie de pleurer.

La tête posée sur le sac à dos, la fillette contempla le ciel. Elle aurait voulu devenir une petite lumière, une étoile parmi les autres voyageant sans contrainte dans l'immensité du ciel. En levant les yeux, son père et Mark l'appelleraient. « Regarde, c'est Ann ! » Alors, comme une balle lumineuse et légère, elle descendrait, se poserait dans le creux de leurs mains. Ils seraient surpris, riraient en découvrant que c'était elle revenue parmi eux.

« Et maman ? » songea Ann.

En Amérique non plus elle ne pourrait être heureuse puisqu'elle l'aurait laissée derrière elle.

## 6

— J'ai cru que tu étais morte !

Ann se redressa. Déjà le soleil s'élevait à l'horizon, jetant une lumière gaie sur la plage et la cime des palmiers. Une femme noire se penchait sur elle, c'était une aïeule toute menue, portant encore l'antique mouchoir de coton sur la tête et un sarrau bleu semé de fleurettes blanches.

— D'où viens-tu, petite ?

Ann resta muette. Personne ne la ferait retourner au camp.

— Je ne cherche pas à connaître tes secrets, continua la vieille, mais tu ne peux rester ici. Viens, je vais te donner à manger et à boire.

Elle tendit une main où de grosses veines saillaient.

Parce qu'elle avait très soif, un peu froid aussi à cause de l'humidité du sable qui imprégnait sa légère blouse et la culotte de son pyjama, Ann se leva. Après une seconde d'hésitation, elle plaça résolument sa main dans celle de la vieille femme.

La hutte était faite de bois de palmier dont les larges feuilles servaient de toiture. Devant la porte, un hamac se balançait entre les troncs de deux cocotiers sous lesquels des poules cherchaient pitance. Une machette, un chapeau de paille étaient abandonnés sur le seuil de la cabane dont l'unique fenêtre ouvrait sur un petit potager où de beaux légumes émergeaient d'une terre sèche et sableuse. Derrière le potager, deux appentis faits de planches et de tôles se dépliaient autour d'un espace circulaire où nulle végétation ne croissait. Un vent tiède, déjà humide, balayait des débris de palmes séchées, secouait les noix encore vertes des cocotiers.

— Tu vas avoir du pain et du lait chaud.

Ann suivit la vieille. L'unique pièce n'était meublée que d'un lit bas, d'une table entourée de bancs. Dans un coin, au-dessus d'une cuisinière à bois, étaient pendues deux casseroles en émail bleu et une poêle à frire. Des poules allaient et venaient librement, se perchaient sur la table et le lit.

L'odeur forte d'excréments et de poisson séché fit hésiter l'enfant un instant.

— Viens donc, installe-toi, insista la vieille. N'aie pas peur. (Et comme elle décrochait une casserole, elle ajouta :) Je m'appelle mama Maria. Et toi ?

Ann avait bu la tasse de lait, dévoré le morceau de pain tartiné de gelée de goyave. Elle appréhendait maintenant les conséquences de sa fuite. Santa Clara était bien trop loin, jamais elle n'y parviendrait ! Et si la police était déjà sur ses traces ? Debout, derrière la table bancale, mama Maria la considérait avec bonté.

— Veux-tu me dire pourquoi tu es partie de chez toi ?

— J'étais dans un camp de vacances, murmura l'enfant. En ce moment, maman travaille à Pinar del Rio.

— Tu n'y étais pas heureuse ?

Ann fit non de la tête, une grosse boule dans sa gorge obstruait le passage des mots.

Doucement la vieille approcha, s'assit à côté de la fillette, enferma sa main dans la sienne. C'était une étreinte douce et forte à la fois, rassurante, presque maternelle. Alors, dans un élan irrépressible, Ann se blottit contre la maigre poitrine et éclata en sanglots.

Longtemps mama Maria la laissa pleurer, caressant doucement les cheveux dorés et, tandis qu'elle balançait l'enfant serrée contre elle, l'aïeule chanta d'une voix rauque, presque inaudible, une vieille chanson créole, chant d'esclaves courbés sous le soleil dans les champs de canne, triste et âpre, accompagnant les sanglots de la fillette en une mélopée rythmée et tendre. « Mes yeux, mes yeux sont là. Je le regarde. Oh, papa badée qui m'a donné une croix à porter... mes yeux sont là mais sans regard. »

Ann cessa de pleurer. Elle n'avait plus envie de bouger, elle était si bien dans cette hutte entre la mer et l'immensité ondoyante des champs de canne, près de cette vieille femme au regard protecteur.

— Je ne rentrerai pas au camp, décida-t-elle. Je veux rester ici.

— Dis-moi ton histoire.

Avec un bout de chiffon, mama essuya la table, la tasse dans laquelle la fillette avait bu.

— Je vais préparer du riz, du café, faire frire quelques bananes pour mon garçon qui est aux champs. Aide-moi donc, nous parlerons en travaillant. Il ne faut jamais remuer la langue les mains inoccupées.

Pêle-mêle, tandis qu'elle coupait des bananes vertes et des oignons, Ann livra sa vie. Elle était arrivée à Cuba lorsqu'elle avait trois ans, et, quoique n'en ayant aucun souvenir, cet événement majeur lui était resté familier grâce aux photos prises à l'aéroport de Philadelphie par son grand-père, celles où elle avait posé avec Mark devant la nouvelle maison de La Havane, avant l'arrivée des déménageurs. Puis l'enfant évoqua ses parents, la vie simple de tous les jours, la semaine où chacun retrouvait ses occupations, Philip à la banque, Pamela à l'université, son frère et elle à l'école, les week-ends passés à la plage. Ils étaient heureux alors. Mais les disputes continuelles de ses parents, les absences de plus en plus longues de Pamela avaient tout gâché irrémédiablement.Ensuite était survenue la séparation, et si un moment elle avait espéré que son père reviendrait des Etats-Unis la chercher, elle n'y croyait plus maintenant. Il l'avait abandonnée.

— Et ta maman ?

— Maman n'a pas le temps de s'occuper de moi.

— Tu n'as pas d'amis ?

— Il est parti en Espagne à cause de la révolution.

Au-dessus de la poêle à frire, la cuillère en bois s'arrêta de tourner.

— La révolution vient à l'aide des pauvres gens. Mais qui peut séparer le bon du méchant ? Dieu seul est juge. Tu es nord-américaine, c'est trop incertain quand on habite Cuba. (La vieille baissa le feu, couvrit la poêle.) Il faut t'enraciner. Tu fais partie de ce pays désormais. Les larmes ne sont pas assez fortes, vois-tu, pour irriguer une plante repiquée si loin de sa terre. Ma grand-mère venait du Bénin et si parfois, quand le vent souffle de l'est, j'ai l'impression de sentir les odeurs d'Afrique, je ne suis pas nostalgique cependant. Ma terre est ici ; l'Afrique dort à l'intérieur de moi.

— Comment devient-on cubaine ?

Le cœur serré, l'enfant attendait la réponse. Tout ce que lui conseillerait mama Maria, elle le ferait pour retrouver le bonheur.

— Je peux t'aider si tu ne poses aucune question. As-tu confiance en Dieu ?

D'un geste précis, l'aïeule jeta sur le sol en terre battue une semence imaginaire qu'aussitôt deux poules blanches voulurent picorer.

— « Toi et moi, murmura la vieille, par la grâce de Yemaya, mère de tous les saints, amen. » Tu resteras ici tout le jour, ordonna-t-elle d'un ton sans appel. Personne ne doit te voir. Ne mange pas et ne bois que de l'eau. Si tu m'obéis, de par la grâce de Santa Barbara et des esprits sacrés, jamais plus ton âme ne s'attardera sur les chemins de l'affliction.

La vieille prit un panier, y déposa un bol de riz, un autre de haricots rouges cuits dans une sauce noire épaisse et odorante, un dernier de grosses rondelles de bananes vertes frites, ajouta un pot de café et trois sucres bruns pliés dans un mouchoir.

— Ne t'inquiète pas, assura-t-elle à la fillette qui la regardait s'éloigner. A partir de cet instant, nul ne peut rien contre toi.

Le silence retomba sur la maison. Il faisait chaud, Ann était fatiguée. Mama Maria serait-elle partie longtemps ? Elle appuya la joue contre la table de bois. Rêvait-elle ? Derrière la fenêtre, les arbres s'étaient refermés et l'enfant se sentait protégée, légère et heureuse, comme du temps de son papa et de Mark.

Il faisait nuit noire. Sept ou huit femmes, deux hommes s'affairaient autour de la hutte. Après l'avoir immergée dans une grande bassine d'eau froide, mama Maria tendit à Ann une chemise, un foulard blancs.

Lorsque l'enfant fut vêtue, la vieille la ramena dans la hutte. Autour de l'aire de terre battue qui s'arrondissait devant les appentis, les femmes disposaient des chaises paillées. Au fond était déjà dressé une sorte d'autel sur lequel étaient exposés des gâteaux, un pain de sucre et des melons d'eau. Deux tambours l'entouraient.

A l'intérieur de la hutte, la fillette écoutait intensément. Ce qui se passait était si étrange qu'elle ne pouvait avoir peur. Débarrassée de tout sentiment, son corps attendait les événements à venir comme un orage libérateur. Autour de la petite fenêtre, sur la porte, se promenaient de grosses fourmis noires. Ann ferma les yeux et s'efforça de retrouver les traits exacts du visage de son père mais ce fut Juan Manuel qu'elle revit, assis à côté d'elle sur la plage tandis qu'ils mangeaient le gâteau d'anniversaire apporté par la cuisinière. De tout son cœur, elle souhaitait qu'il entre, la prenne par la main pour l'amener dans sa maison, vaste comme un royaume de conte de fées, comme une enfance jamais profanée. A la Pointe aux Tortues, l'espace d'un instant, elle avait été la princesse de ses propres rêves.

A travers les larges palmes agitées par le vent apparaissaient de temps à autre de petites lumières se déplaçant comme des lucioles. Ann essaya de les suivre des yeux mais elle était fatiguée, elle avait faim surtout. Depuis le morceau de pain offert par mama Maria, elle n'avait rien mangé, juste bu quelques gorgées d'eau fraîche, puisée avec une louche de plastique dans un tonneau posé près du fourneau à bois. Un roulement de tambour fort comme le tonnerre la fit tressaillir, Ann se ressaisit vite cependant, elle se souvenait de bribes, de propos tenus entre grandes personnes, du mot *santeria* dont certains riaient mais que d'autres semblaient craindre. Elle n'avait pas peur, mama Maria était son amie.

Assourdissant l'enfant, les coups redoublaient. Ils n'étaient pas effrayants, plutôt une invitation à rompre toute entrave, à s'échapper hors de soi-même pour un instant. Ann se vit danser sur la petite aire de terre battue puis s'envoler, filer vers la mer, passer au-dessus de sa maison à La Havane, toute noire et abandonnée au cœur de la nuit. La plage de la Pointe aux Tortues était déserte mais cocotiers et palmiers royaux y entremêlaient leurs palmes ciselées. Un peu plus loin, les immenses champs de canne semblaient à l'abandon, la récolte n'était qu'à moitié faite, une charrette abandonnée attendait une hypothétique cargaison. Ann suivit le chemin de terre et soudain, semblable à un animal géant assoupi au milieu d'un jardin en friche, la demeure surgit dans son imagination. La bête devait être blessée car elle râlait doucement. De toute la maison s'échappait une plainte rauque, lancinante. Alors Ann se boucha les oreilles, elle ne voulait plus entendre ni le bruit des tambours ni la respiration de la maison moribonde de Juan Manuel de Villanegro.

Soudain, quelqu'un poussa la porte, trois jeunes filles noires, vêtues comme elle de longues robes blanches, lui firent signe d'avancer. La lumière des bougies qu'elles portaient à la main éclairait leurs visages sérieux, les beaux foulards blancs qui emprisonnaient leurs cheveux.

Les tambourineurs, un Noir et un mulâtre à la musculature impressionnante, transpiraient déjà.

— Viens, mon enfant, invita mama Maria.

Elle ouvrait les bras, Ann vint s'y réfugier.

— Tu es ce soir l'invitée des esprits, la déesse de la nuit.

Elle mena la petite fille à une chaise isolée. Tout autour, tracés à la farine, s'enroulaient des signes compliqués et étranges.

— Bois, ordonna la vieille.

Elle tendit une coupe où Ann trempa ses lèvres, le goût du rhum la fit reculer.

— Une gorgée ou deux, insista mama Maria. C'est Yemaya qui l'offre.

Ann ne voyait plus très bien. Les lumières pourtant ténues des bougies l'éblouissaient, le battement des tambours l'assourdissait, ses jambes devenaient molles.

Maintenant, toutes ensemble, les jeunes filles chantaient d'une voix nasillarde, monocorde, obsédante. Ann ferma les yeux, tout chavirait autour d'elle.

Proche de son oreille, la voix de mama Maria lui fit entrouvrir les paupières. Un liquide sombre et tiède ruisselait sur ses épaules. L'enfant vit qu'il s'écoulait d'un oiseau sans tête dont les ailes s'agitaient encore spasmodiquement.

— Tu es Anna, Anna, répétait la vieille. Ann n'est plus et ne sera jamais. Tu es un rameau sur notre tronc, un germe dans notre terre. Oublie le pays perdu, oublie d'où tu viens et croîs, pousse haut et fort pour devenir un arbre qu'aucune tempête ne pourra abattre. Par Yemaya, mère de tous les dieux et par la

Sainte Vierge Marie, Notre-Dame de Regia. Amen, amen.

— Amen, amen, répéta le chœur des jeunes filles.

Les tambours se déchaînaient en rafales furieuses. Puis soudain ce fut le silence.

— Comment t'appelles-tu ? interrogea mama Maria.

— Anna, répondit l'enfant.

— Anna, souffla la santeria tout contre l'oreille de la fillette, si tu as désormais une terre, des racines, ton cœur et ton esprit, eux, demeurent libres. Ils t'emmèneront là où tu voudras aller sans que personne, jamais, ne puisse t'en empêcher.

# *DEUXIÈME PARTIE*

# 7

Anna sauta de son lit. Un lointain grondement, une explosion peut-être, suivi de rafales de tirs ébranlait les vitres de la maison. L'aube se levait à peine, une aube glorieuse d'avril, lumineuse, transparente.

— Vite, réfugions-nous dans la salle de bains, ordonna Pamela qui venait de surgir de sa chambre, il faut nous éloigner des fenêtres.

— Mais que se passe-t-il donc ?

— Tu as entendu parler de ce projet de débarquement prétendument cubain ? De Miami, ils nous envoient sans doute les types pourris de Batista pour tenter de reprendre le contrôle de l'île.

— On va se battre ?

— Peut-être, mais la population fait bloc derrière Fidel. Ces traîtres vont se heurter à un mur infranchissable.

Assises sur le rebord de la baignoire, la mère et la fille se prirent la main. Les explosions se succédaient, de plus en plus lointaines. Les rafales d'armes automatiques avaient cessé. On entendait maintenant un ronflement ininterrompu de moteurs de camions ou de jeeps. Des convois militaires probablement.

— Je crois que nous pouvons regagner nos chambres, annonça Pamela.

La maison était noyée de lumière. C'était l'heure la plus agréable du jour, celle où les Lamberth prenaient leur petit déjeuner sous le manguier qui, au fil des années, avait atteint une envergure royale. Avec deux tasses de café très noir et très sucré, Pamela se préparait une tranche de pain grillé tandis qu'Anna se contentait d'un verre de lait et d'un fruit. A La Havane, l'approvisionnement devenait difficile. Après deux années d'euphorie, des difficultés surgissaient que la population minimisait encore. On vaincrait aisément ces problèmes comme on avait anéanti l'armée de Batista, bravé les rétorsions économiques des Américains en nationalisant leurs avoirs, sucreries et banques.

En toute hâte, Anna avala son petit déjeuner. Elle mourait d'envie de rejoindre Teresa, de commenter les bombardements avec son amie, en profiter peut-être pour traîner avec elle dans les rues de la vieille ville afin d'en apprendre davantage. Il n'y aurait sûrement pas d'école aujourd'hui. La perspective de ces heures de liberté était grisante.

Pamela était sur le point de sortir.

— Tu vas à l'université ?

— Evidemment ! Ne m'attends pas avant le dîner, Anita, et dans la rue, sois prudente.

— Je vais avoir onze ans, maman !

Anna referma la porte derrière sa mère. Elle allait ranger la maison, préparer quelque chose à réchauffer pour le soir avant de se précipiter chez Teresita. Depuis quelque temps, son existence était devenue passionnante. Chaque jour, les professeurs gagnaient leurs élèves à un point de vue généreux et nouveau de la révolution. A l'unanimité, la classe de septième avait accepté de consacrer son mois d'été à alphabétiser les paysans dans les régions les plus pauvres de l'île. Inséparables, les deux amies avaient choisi les environs de Camagüey. Escortées de deux professeurs, elles partiraient à la mi-juin avec des garçons et filles, tous entre dix et quinze ans. Quoique la rue fût calme, les rideaux de fer des magasins restaient baissés mais on pouvait entendre au loin des cris, des slogans répétés par des centaines de bouches.

— Teresita ?

La fillette entrouvrit la porte, imposa silence à son amie en posant un doigt sur ses lèvres.

— Maman ne veut pas que je sorte.

Un fouillis de végétation entourait la vieille maison. Aux branches basses d'un pin pendait une balancelle cassée, des jouets abandonnés parsemaient une herbe rare. Le père de Teresita, cadre dans une banque comme Philip Lamberth, avait perdu son travail à la révolution. On lui avait proposé un emploi en province de contremaître agricole qu'il avait refusé, préférant nettoyer les rues en compagnie des plus pauvres afin de rester chez lui. Sa mère, autrefois petite-bourgeoise, emballait maintenant des boîtes de cigares dans des caisses, laissant ses deux fils à la crèche du matin au soir.

— Mais je vais lui promettre que nous resterons chez toi. Attends-moi une minute.

Anna patienta. Le pin sentait bon sous le soleil. Dans ce quartier tranquille, on ne pouvait imaginer des combats se poursuivant à si peu de distance. Jour après jour, rien ne changeait. Dans les plus grandes maisons s'entassaient assurément quatre ou cinq familles venues de la campagne mais toujours les lauriers fleurissaient en gerbes roses, les mêmes chats galeux erraient d'un jardin à l'autre, les oiseaux se battaient et sifflaient dans les branches des ficus dont les racines immenses soulevaient l'asphalte.

— Maman a dit oui, annonça gaiement Teresa, mais elle veut que je sois de retour pour le déjeuner.

Les deux fillettes partirent en courant vers la cathédrale où, sans nul doute, quelques commères allaient pouvoir les renseigner. Plus elles approchaient du centre-ville, plus la foule devenait compacte. « Lâches, salauds ! » hurlait un jeune homme à côté d'elles.

Anna et Teresa se prirent la main.

— Allons sur le Malecon, décida Teresa. Là-bas, nous saurons ce qui se trame.

Les fillettes empruntèrent le paseo de Marti vers la mer. La longue avenue qui longeait l'Océan était noire de monde. A l'aide d'un porte-voix, un homme annonçait que Castro allait parler d'un moment à l'autre. Le bombardement du port avait fait des victimes, elles seraient vengées. « Le peuple fait un, harangua l'orateur. Pas un seul de nos assaillants n'échappera ! » La foule applaudissait. Certains levaient le poing. « Mort aux Américains ! »

Anna ne voulait pas crier avec les autres, elle n'en avait pas le droit.

— Qui nous a attaqués ? interrogea Teresa.

Une femme, grande et maigre avec de rares cheveux roux, se retourna.

— Des traîtres passés à l'ennemi. (Elle eut un éclat de rire méprisant.) Des valets de l'impérialisme américain !

Teresa haussa les épaules, elle n'aimait pas les mots grandiloquents, toujours les mêmes, déclamés par maints Cubains. Parfois le soir, son père les imitait, récitait aussi certains passages des interminables discours de Castro, accentuant menaces et rodomontades. Ils riaient tous à en perdre haleine. Sa mère se signait : « Puisse Notre Dame de la Merci nous envoyer des billets pour Miami, amen. » Elle recevait des lettres de sa sœur installée en Floride qui la laissaient pendant des heures préoccupée et triste. Mais Teresa ne disait rien de ces secrets, pas même à sa meilleure amie. Tout le monde savait que Pamela Lamberth était proche des communistes, qu'elle militait avec Celia Sanchez, la compagne de Castro, et d'autres femmes pour lesquelles l'URSS était le modèle d'une société généreuse, juste et humaine. Lorsqu'on parlait de Pamela, la mère de Teresa soufflait : « Et dire qu'elle est américaine ! » L'attitude de cette femme la surprenait, l'outrageait même, comme la révolte d'une mauvaise fille contre ses parents.

— Ils veulent débarquer à Trinidad ou dans la baie des Cochons, précisa un vieil homme qui portait à l'ancienne mode un panama, mais nos soldats les attendront de pied ferme !

Anna imagina une anse où gambadaient des porcelets. Quel endroit bizarre pour un champ de bataille !

D'un seul coup, la foule cessa de vociférer. Le bruit

courait que Fidel allait apparaître, se rendre en personne, accompagné de Che Guevara, sur les lieux des bombardements dans le port. Avant de partir se battre contre les ennemis de Cuba, il parlerait, expliquerait à son peuple ce qu'il attendait de lui. « Fidel, Fidel ! » hurla une voix suraiguë.

Et la foule scandait « Fidel ! »

Pour essayer de voir ce qui se passait, Anna se dressa sur la pointe des pieds.

— Partons, demanda Teresa. Tout ce monde me fait peur.

Le soleil était haut, il devait être onze heures, midi peut-être. Les deux fillettes avaient chaud et soif. Devant elle, la mer et le ciel se fondaient dans la lumière crue qui attisait les couleurs.

— Il faut s'en aller, il faut rentrer, insista Teresa.

Mais Anna avait envie de rester pour entendre Fidel, observer une fois encore ce dieu barbu qui avait mis sa vie en miettes avant de la reconstruire plus forte et plus belle. Elle était un peu sa fille maintenant. Teresa ne pouvait pas comprendre.

— Fidel s'est enfin décidé à déclarer Cuba Etat communiste, se réjouit Pamela pendant le dîner. Il va bientôt le faire savoir au monde entier. Mes anciens compatriotes qui passent hypocritement leur vie à se laver les mains de tout vont avoir du mal à se débarrasser de la poisse qui leur colle aux doigts.

— Ce sera la guerre ? interrogea Anna.

— Il y aura quelques bons coups de pied dans les fesses, voilà tout. J'aimerais voir la tête de ces guérilleros quand ils débarqueront dans l'île. Tous mes étudiants sont volontaires pour aller se battre et le peuple unanime est derrière eux. Les Américains se débineront, un pas en avant, deux en arrière, c'est leur politique ici. J'espère qu'à Miami les Cubains comprendront quel genre d'alliés ils font.

En rinçant les assiettes du repas, Anna resta songeuse. Même si elle se réjouissait des victoires cubaines, la faiblesse des Américains l'humiliait. Elle en avait un peu honte.

## 8

— Je te rendrai ton livre si tu me donnes un baiser.

— Jamais !

Anna recula. Depuis leur arrivée à Camagüey, Carlos la houspillait sans cesse. Pourtant, elle n'osait se plaindre, ternir l'ambiance joyeuse qui accompagnait chaque matin les jeunes lycéens lorsque, leur alphabet à la main, ils rejoignaient les pauvres huttes des paysans.

— Un tout petit, sur la joue.

Du doigt, le garçon montra le coin de ses lèvres et, pour accompagner l'invite, sortit de sa poche un bonbon enveloppé de papier argenté.

— Ton livre et un caramel, c'est un marché honnête, non ?

Anna rougit. Carlos était la coqueluche de ses amies, son prestige de garçon de quatorze ans, ses beaux yeux noirs, son sourire éclatant leur faisaient piquer à toutes des fous rires qu'Anna trouvait idiots.

— Pas maintenant.

Elle s'en voulut aussitôt de sa lâcheté mais Carlos afficha un sourire satisfait.

— Ce soir après le dîner, alors. Je t'attendrai derrière le mur de la vieille distillerie. Et si tu ne viens pas, ajouta-t-il, son regard planté dans celui de la fillette, je dirai à tout le monde que tu es nord-américaine.

Après quarante années de mariage, Juan et Esperanza Torres se ressemblaient. Petits et voûtés, ils avaient les mains massacrées, le visage tanné, flétri des coupeurs de canne. Timides l'un et l'autre en face de cette jeune fille venue de La Havane, ils restaient assis épaule contre épaule sur le banc de bois.

— Bonjour, salua gaiement Anna.

Il fallait chasser l'angoisse que Carlos avait instillée en elle pour se consacrer aux Torres.

Juin était très chaud, avec de brusques ondées qui donnaient une brève illusion de fraîcheur. Les vieux attendaient sans parler, sans bouger, le dos appuyé au mur de planches.

— Aujourd'hui, nous allons apprendre les consonnes.

Anna était fière de son rôle. C'était grisant de partager son savoir, d'être celle qui permettait à ces pauvres gens de découvrir qu'au-delà de Camagüey, des savanes brûlées par le soleil, des marécages et des champs de canne, il existait un autre monde.

Les bras le long du corps, les yeux fixés sur elle, les Torres écoutaient. Déjà ils savaient reconnaître leurs voyelles et lorsque, la veille, Esperanza les avait répétées pour la première fois sans se tromper, c'est Juan qui avait enfin souri.

Assise sur l'unique chaise en face du vieux couple, Anna traça les lettres sur une page du cahier. « B, C », articula-t-elle d'une voix claire. Elle tendit le crayon à Esperanza. Avec ses doigts déformés, la vieille forma un signe puis ce fut le tour de Juan. L'effort des vieux était si intense que leur regard devenait douloureux. « B, C », reprirent-ils ensemble.

A midi, Anna sortit de son sac un morceau de pain, du fromage qu'elle partagea en trois parts. Esperanza alla puiser de l'eau, Juan alluma un fin cigare. Puis, sans échanger un mot, ils mastiquèrent avec application. Au fur et à mesure qu'elle rompait son pain, la vieille ramassait soigneusement les miettes au creux de sa main.

— C'est pour mes poules, expliqua-t-elle. On nous a permis aussi de garder un cochon.

Juan cracha un long jet de salive brune.

— Mais nos terres appartiennent à la coopérative du village, désormais, maugréa-t-il.

— C'est pour le bien de tous, expliqua Anna posément. Avec de si petits lopins, vous ne pouviez survivre.

— Ils étaient à nous.

Esperanza lança à son mari un regard de reproche. La petite était venue de La Havane pour leur apprendre à lire, inutile de l'ennuyer avec ces rabâchages. Certes, ils avaient perdu leurs terres, mais ils mangeaient maintenant à leur faim, étaient soignés et au surplus on venait les éduquer.

Les regrets de ses vieux élèves n'inquiétaient pas Anna. A l'école, on les avait préparés à répondre correctement à toutes les questions possibles. C'était si vivifiant d'opposer des raisonnements logiques aux vues passéistes de certains. Elle était fière d'être du bon côté, de faire partie, en dépit de son jeune âge, de ceux qui avaient compris.

Un peu de soleil pénétrait dans la cabane, éclairant un coin de table, un carré de terre battue. Comme l'après-midi avançait, l'angoisse envahit à nouveau le cœur d'Anna. Il fallait qu'elle se rende derrière le mur de la distillerie après le repas du soir, elle n'avait pas le choix. Si Carlos parlait de son père, des Etats-Unis, elle n'aurait plus sa place dans le groupe, on la traiterait en brebis galeuse. C'était une perspective insupportable.

— A demain, petite, déclara fermement Juan en se levant. J'ai de l'ouvrage, maintenant.

Esperanza gardait le dos un peu voûté, la tête basse.

— Si je peux mettre la main sur une poignée de farine, je te ferai des beignets, marmonna-t-elle d'une voix qui gardait toujours de la réticence, comme si elle regrettait aussitôt d'en avoir trop promis.

Anna referma le livre, le cahier, les attacha avec un élastique. Tout autant que la peur de désobéir en quittant le camp après la tombée de la nuit la tourmentait son ignorance des intentions de Carlos. Voulait-il vraiment un baiser et pourquoi ? Une chose aussi insignifiante ne méritait pas cette mise en scène, on s'embrassait entre camarades presque quotidiennement. Mais le regard du jeune garçon, appuyé, langoureux, semblait impliquer autre chose. Pensait-il à ces baisers de cinéma qui la mettaient si mal à l'aise ?

La fillette fit sans hâte le chemin du retour. Elle ne voulait plus penser à Carlos mais l'inquiétude demeurait, oppressante. Sur un chantier abandonné, une vieille grue toute rouillée se dressait. Anna lut, écrit sur une pancarte : *Maison du Peuple* , mais seuls des sacs de ciment éventrés gisaient sur le sol. Une maigre végétation s'y enracinait déjà. C'était triste comme la perspective d'une naissance soudaine anéantie. « L'argent manque, expliquait Pamela. Trop de gens souhaitent l'échec de notre révolution. Ils nous serrent le lacet autour du cou mais nous survivrons et vaincrons. »

Anna ne se figurait pas très bien qui on devait vaincre mais cette bataille perpétuellement livrée était stimulante. Elle essayait d'imaginer les enfants qui n'avaient rien à faire, rien à espérer et elle avait pitié d'eux.

Maintenant le camp était tout proche, elle allait goûter, nettoyer son coin sous la tente, prendre part à la préparation du dîner, toujours du riz, des haricots avec un peu de porc gras ou un morceau de poule, parfois du poisson frit. Tout le monde avait la même chose à Cuba. C'était frugal mais personne ne se trouvait en face d'une assiette vide tandis que le voisin mangeait pour deux.

Un groupe de garçons jouant au base-ball avec des planchettes et une vieille balle en caoutchouc la rattrapa. Anna pressa le pas. Teresa devait l'attendre sous leur tente, elles allaient parler de leur journée, rire des mêmes plaisanteries, essayer d'imaginer leur existence l'année prochaine lorsque, comme la plupart de leurs camarades, elles seraient pensionnaires à la campagne : travaux dans les champs le matin, études l'après-midi. Teresa trouvait que c'était injuste de les mettre si jeunes à contribution, mais Anna n'était pas de son avis. Chacun devait relever ses manches, replacer Cuba sur rails avant de profiter de la belle vie, celle que Castro allait leur offrir et qu'il avait promise à tous, s'engageant à ôter son uniforme et couper sa barbe lorsque la révolution aurait apporté prospérité et bonheur à chacun.

Le repas du soir était presque achevé. Anna épiait Carlos. Peut-être l'avait-il oubliée. Il mangeait de bon appétit, riait et chahutait avec ses voisins. Pas une fois leurs regards ne se croisèrent. « Un fanfaron », pensa Anna. Et elle se sentit si soulagée qu'elle reprit un peu de la salade de fruits.

Aidé par les garçons les plus âgés, Santiago, le professeur d'histoire qui les accompagnait, alluma un feu de camp. Lançant vers le ciel de minuscules et éphémères comètes, les flammes crépitaient dans la nuit. Le dos contre un pin, Anna fixait le brasier... Des souvenirs fugaces mais intenses investissaient sa mémoire. L'été, en Pennsylvanie, son grand-père et son père allumaient des feux semblables à celui-ci. Tandis que sa maman leur servait des grands verres de limonade, Mark et elle y faisaient griller, enfilée sur une brochette de bois, de la pâte de guimauve. Oui, tout était très clair dans sa mémoire, les hauts gobelets de plastique décorés de poissons tropicaux où trempaient des pailles multicolores, les visages heureux des adultes. Et soudain, la fillette se souvint des traits de son père qui jour après jour devenaient lointains, imprécis jusqu'à s'effacer parfois tout à fait.

Mark écrivait, irrégulièrement. Il était en septième grade[1], devenait bon joueur de tennis, participait au labo photo et à la chorale de l'école. Chaque été, avec son père, il partait explorer un coin des Etats-Unis. Après avoir visité le Nouveau-Mexique et le Colorado, ils faisaient des plans pour sillonner le Montana et le Wyoming au mois d'août. Au fil des années, les lettres devenaient moins affectueuses, plus conventionnelles, on devinait que le jeune garçon n'avait plus grand-chose à partager avec ces deux femmes enfermées dans leur île. Lui aussi devait oublier leurs visages.

1. Cinquième de collège en France.

La nuit était tiède. Fatigués, les enfants s'étaient assis autour du feu, contemplant les flammes et les milliers d'étoiles dispersées dans le firmament. De microscopiques insectes leur démangeaient la peau, s'emmêlaient dans les chevelures. Seules les taches sombres des feuilles de bananiers et de papayers se découpaient dans la pénombre. Santiago prit sa guitare, Nelia, une mulâtresse aux yeux verts qui leur enseignait l'art, un tambourin décoré d'une frange perlée.

— Nous avons tous bien travaillé aujourd'hui, félicita Santiago. Camilo et Miguel ont déjà planté un drapeau bleu devant deux maisons. Mais pour estimer notre tâche accomplie, nous devons voir un drapeau devant chaque demeure. Il ne doit plus y avoir dans cette région un seul foyer d'analphabètes.

Les doigts couraient déjà sur les cordes.

— Allons, chantons !

Les voix des enfants étaient légères, ferventes.

« Nous allons à travers la nuit
Dans des camions ou à pied
Dans le brouillard ou sous la lueur de la lune
Glissant dans la boue
Entêtés, seuls, unis
Et nous donnons notre force au monde
En allant, allant à travers la nuit. »

— Je pars en éclaireur, chuchota Carlos à l'oreille d'Anna. Rejoins-moi dans cinq minutes.

Sans attendre de réponse, le jeune garçon se glissa hors du cercle, la laissant pétrifiée.

Aussitôt le chant achevé, Santiago en proposa un nouveau à la gloire de Fidel et de Che. Anna guettait le moment propice. Malgré l'angoisse qui lui nouait le ventre, elle devait se soumettre, les intimidations de Carlos constituaient un danger impossible à contourner. Elle allait lui permettre de l'embrasser une fois et se sauverait aussitôt.

— Viens t'asseoir à côté de moi.

Carlos désignait un coin de terre battue entre un vieux bidon rouillé et une plante grasse desséchée.

Anna s'accroupit, prête à fuir à tout moment.

— Tu m'aimes bien un peu ?

La fillette ne répondit pas. Soudain, la main du jeune garçon attrapa ses épaules pour la rapprocher de lui, elle faillit tomber, se rattrapa à sa jambe et se retrouva assise sur ses genoux. Tout était silencieux, on n'entendait au loin que la vague rumeur du chant de leurs camarades. Retenant son souffle, Anna restait aussi immobile que possible.

— Embrasse-moi, exigea-t-il.

Vite, elle posa un petit baiser sur la joue brune et voulut se lever. Mais il gardait son bras prisonnier.

— Je vais te montrer comment on embrasse.

Son visage était tout proche et soudain Anna sentit sa bouche qui écrasait la sienne. Elle chercha à se dégager, mais Carlos, maintenant son étreinte, léchait ses lèvres, essayait d'introduire sa langue à travers les dents.

— Enlève ta culotte.

La voix était pressante, hachée, méconnaissable. Elle ne bougea pas.

— Je raconte tout si tu ne m'obéis pas, menaça Carlos.

Elle balbutia.

— Comment sais-tu que je suis nord-américaine ?

— J'étais dans la même école que ton frère. Mais je ne dirai rien si tu es gentille.

Une main se posait sur ses cuisses, c'était une caresse douce, énervante, paralysante. Anna la haïssait et en même temps ne pouvait s'y soustraire. Elle ferma les yeux.

— Que faites-vous ici ?

La voix tonnante de Santiago les fit immédiatement sauter sur leurs pieds. Promptement, Anna remonta sa culotte. Une telle honte l'habitait qu'elle avait envie de vomir.

— Suivez-moi tous les deux.

Comme des bêtes aux abois, Carlos et Anna gardaient la tête basse au milieu du cercle de leurs camarades. Anna aurait voulu trouver un endroit pour se terrer, échapper à ces regards dardés sur elle. Santiago et Nelia continuaient à se concerter à voix basse. Le temps s'immobilisait. Enfin le professeur d'histoire se redressa.

— Nous avons à juger une faute, non pas moi ni Nelia, mais nous tous, car la société nouvelle nous fait frères, responsables les uns des autres. Il y a des actes, des mots que la révolution ne peut tolérer. Nous sommes des soldats, nos valeurs sont simples et pures. Carlos, Anna, vous allez devoir expliquer votre conduite devant tous vos camarades. Ce sont eux qui décideront de la punition que vous méritez.

Invité le premier à parler, Carlos expliqua qu'Anna l'aguichait depuis leur arrivée à Camagüey. Il n'avait pas envie de mal faire, seulement de passer un petit moment en tête à tête avec elle. Les yeux rivés au sol, Anna ne répliqua rien. Aucune force au monde n'aurait pu la pousser à se justifier devant ces gens qui l'encerclaient, la mine sérieuse mais l'œil goguenard.

— Est-ce Anna qui a voulu pousser plus loin les choses ?

Carlos hésita, il ne voulait pas passer pour un niais aux yeux de ses copains. Se laisser mener par une fille était honteux, ridicule.

— Quand j'ai senti qu'elle était d'accord, j'ai décidé d'en profiter.

Des ricanements fusèrent.

— Taisez-vous, ordonna sèchement Santiago. Anna, défends-toi.

La fillette ne bougeait pas. Il n'y avait aucune idée cohérente dans sa tête, seulement l'envie de fuir, de s'évaporer.

Soudain Teresa se leva.

— Carlos ment, il n'a cessé de harceler Anna depuis des jours. Sans cesse il rôdait autour d'elle. Anna ne savait que faire pour s'en débarrasser.

— C'est vrai, confirma une autre fille. Je l'ai vu.

— Carlos, qu'as-tu à répondre ?

— Si j'avais une conduite offensante, elle n'avait qu'à aller vous trouver et se plaindre de moi.

— Je ne moucharde pas ! s'écria Anna.

Elle avait les larmes aux yeux, ses mains tremblaient.

— Tu aurais dû, cependant, reprocha Nelia. Etant révolutionnaire, tu es gardienne de l'ordre et de la morale. Ton devoir est de signaler ceux qui enfreignent l'un ou l'autre. Si tu l'avais fait, tu te serais épargnée ces moments humiliants. Maintenant, va sous ta tente, Carlos ira sous la sienne, nous allons tous délibérer.

— Viens ! demanda gentiment Teresa.

Elle prit son amie par le bras, l'aida à se relever, sécha ses larmes avec un coin de sa jupe.

— Imagine que tout cela est un mauvais film, murmura-t-elle. Cette assemblée est ridicule, j'ai autant honte pour nous que pour toi.

Comme une somnambule, Anna suivit son amie. Pourquoi fallait-il abaisser les êtres avant de les briser ? Elle aurait pardonné à ses éducateurs leur sévérité, pas l'insulte publique qu'ils lui infligeaient.

— Plus d'enseignement ni pour l'un ni pour l'autre, annonça Santiago. Vous serez désormais consignés à l'entretien du camp et aux travaux de cuisine.

Anna ressentit seulement une grande colère qui tout autant que les larmes fit étinceler ses yeux.

## 9

— Regarde comment on coupe la canne.

L'homme cala soigneusement le manche de la machette dans le creux de sa paume.

— Tiens-la fermement, surtout s'il pleut, et aiguise-la souvent. Ne te sers jamais de ta deuxième main. Et maintenant, observe mon mouvement.

Anna ne perdait pas des yeux la lente et puissante trajectoire de la machette. Les coupures occasionnées par les tiges brûlaient cruellement ses doigts.

— J'en ai par-dessus la tête de m'arracher la peau, soupira Teresa. Papa affirme qu'aucun pays ne pourrait traiter ainsi les enfants sans qu'on l'accuse d'esclavagisme.

— Avec ses réflexions saugrenues, ton père finira par vous faire tous jeter en prison.

Insensible au soleil qui, en dépit des chapeaux de paille, brûlait les nuques, l'instructeur continuait sa démonstration.

— Repos ! décida-t-il enfin. Demain, nous travaillerons ensemble avec courage et ferveur. Notre équipe doit être la meilleure.

A pas traînants, les jeunes filles regagnèrent le grand bâtiment de béton nouvellement édifié pour accueillir les pensionnaires. *Construit par la Révolution*, indiquait un panneau. Dans l'aile droite se trouvaient les dortoirs, dans celle de gauche les salles de classe et le réfectoire, l'espace central servait aux réunions et conférences données par des militants du Parti.

Les élèves se dirigèrent vers le réfectoire. Le repas achevé, elles étaient autorisées à se reposer avant les cours donnés entre trois et sept heures. Un week-end sur deux, un autobus les ramenait dans leurs familles à La Havane.

— Encore des croquettes de poisson et des pommes de terre, maugréa Teresa.

— Tu peux dire *une* croquette et *une* pomme de terre. Réjouis-toi, nous ne recevrons pas une deuxième portion.

Anna s'obligeait à plaisanter des désagréments de leur existence. En regard de l'aventure qu'ils vivaient tous ensemble, ces petits sacrifices étaient peu de chose. Pourquoi certains trouvaient-ils si difficile de renoncer à leurs conceptions mesquines du bonheur ?

— Conférence ce soir, bien entendu, ronchonna

Teresa en écrasant rageusement sa pomme de terre. Ils ne nous laisseront pas souffler un instant.

— La brigade bleue nettoiera aujourd'hui le réfectoire, clama une surveillante. Ensuite, vous pourrez aller vous doucher.

On servait des oranges et des pommes, deux quartiers pour chaque élève. Une jeune fille passait des cruches d'eau aromatisée au citron. Dans un ciel sans nuages, le soleil dardait ses rayons sur les bâtiments de béton, la cour où poussaient quelques maigres pins, le terrain de sport avec ses piquets de bois soutenant les filets de basket-ball. Pas un papier sale, pas une boîte vide ne traînait sur le sol.

En épluchant son quartier d'orange, Anna pensa à sa mère. Pamela n'avait pas écrit cette semaine. A l'université, certains étudiants, les catholiques surtout, formaient des noyaux de contestation. C'était elle qui était chargée de les rééduquer, de les contraindre par la persuasion ou la force à revenir dans le droit chemin. Parce qu'elle était nord-américaine de naissance, il fallait qu'elle monte au front plus souvent que les autres, comme si on la soupçonnait toujours de ne pas être tout à fait sincère. Ernesto Roca la soutenait indéfectiblement. « Mon meilleur ami », expliquait-elle. Mais, bien que le détenteur de la chaire d'histoire hispanique ait une épouse depuis vingt ans et soit père de quatre enfants, Anna soupçonnait des liens plus tendres. Pamela n'en soufflait mot et, bien sûr, ne le recevait chez elle qu'accompagné d'autres collègues. Chaque fois qu'il était présent, cependant, Anna remarquait une lueur de bonheur dans les yeux de sa mère. Maintenant qu'elle était pensionnaire, sans doute se voyaient-ils plus souvent. Ernesto couchait-il de temps en temps à la place de Philip ? Vite, Anna chassa cette image déplaisante de ses pensées. D'ailleurs, pourquoi souffrir à cause d'un père qui n'avait envoyé aucune nouvelle depuis une année ?

Avant la conférence, Anna se contraignit à courir autour du terrain de sport où était aménagée une piste de terre battue. Avec son corps qui changeait, se développait, la jeune fille éprouvait la nécessité de dompter des élans soudains, une envie irrépressible de bouger, d'étreindre, de ressentir des émotions violentes. Depuis sa misérable aventure avec Carlos, elle méprisait les garçons mais leur présence la troublait cependant et cette confusion la dépréciait à ses propres yeux. La terre était dure sous ses pieds, le soleil, chaud encore, la faisait transpirer abondamment tandis qu'elle courait bras fléchis, le souffle bien réglé. Au bout de la piste, il y avait la fatigue qui la rendrait légère et apaisée.

— Il ne peut y avoir d'usines qui fonctionnent mal sans que les ouvriers ne corrigent eux-mêmes ce qui est déficient.

L'orateur se tenait très droit. A côté de lui, une jeune femme brune gardait le regard fixé sur l'assemblée des élèves.

— Mais la bureaucratie, intervint le professeur de mathématiques, peut considérablement ralentir tout processus de réforme.

— Marxisme et bureaucratie sont incompatibles, camarade, tonna le militant. Ce que vous dites est dénué de sens. Par ailleurs, si l'ouvrier sent que rien n'est rectifié, il peut se plaindre au camarade en charge de son secteur et finalement à Fidel lui-même. C'est arrivé à maintes occasions, chaque fois, les erreurs ont été corrigées sur-le-champ.

Certains applaudirent. Anna s'ennuyait un peu. Elle avait espéré que l'on parlerait de la jeunesse, de ce que le *Commandante* attendait d'elle, pas des problèmes des ouvriers ou des coupeurs de canne. Mais on en revenait toujours là, comme une bouchée sans cesse remâchée, jamais avalée.

Soudain, Teresa qui semblait jusqu'alors sommeiller leva la main.

— Si tout va aussi bien que vous le proclamez, pourquoi tant de gens cherchent-ils à quitter Cuba ?

— Laissez-moi dire ce que je pense, répliqua la

femme brune en se tournant vers Teresa. Ceux qui fuient ont la frousse. Leur peur n'est nullement objective, donc positive et salvatrice, mais négative, égoïste, répugnante, c'est celle du vieil avare accroché à son or, du niais pour qui toute chose neuve et juste est incompréhensible, du combinard pour lequel chaque acte désintéressé est insupportable. Que ces êtres étriqués et minables déguerpissent. Bon débarras ! Il n'y a effectivement aucun avenir pour eux à Cuba. Est-ce votre avis ?

— Tout à fait, s'écrièrent plusieurs étudiants, tandis que Teresa se contentait de hocher la tête cérémonieusement.

Anna connaissait assez bien son amie pour savoir qu'elle se moquait de la femme brune mais celle-ci afficha un sourire satisfait. L'orateur avait repris la parole et n'en finissait pas de parler. Il était tard. Les élèves mouraient de sommeil, Anna ne saisissait plus que quelques mots, « générosité », « amour »... Elle aimait les entendre encore et encore, ils la rendaient meilleure, la tiraient de sa condition de petite fille obscure vivant au fond d'une île des Caraïbes pour faire d'elle un être qui pouvait, par la seule force de ses convictions, contribuer à bâtir un monde plus juste. On lui avait dit que, dans la plupart des pays, les enfants, les faibles, les pauvres étaient considérés comme quantité négligeable. Ici, ils étaient à l'honneur.

— En l'an 2000, notre révolution sera une moisson pour le monde et c'est vous, les enfants de Cuba, qui aurez semé les germes de cette glorieuse récolte.

— Amen, murmura Teresa.

Le camarade de La Havane avait fini sa diatribe. Il faisait nuit noire. Au loin montaient le bruit d'un poste de radio, le grondement d'un camion qui passait sur la route. La petite femme brune avait l'air fatiguée.

Tandis que le bus roulait vers la plantation d'agrumes où les élèves étaient attendus pour donner un coup de main aux ouvriers agricoles, Anna jeta un œil par la vitre. Tassés au pied du mur d'un hangar, des hommes faisaient la sieste. Au loin, les premiers contreforts des montagnes se mêlaient aux nuages. A l'improviste, un tracteur de fabrication soviétique coupa la route et le car dut donner un brusque coup de volant pour l'éviter.

Intensément maintenant, Anna observait. Elle avait déjà vu ce paysage, bien longtemps auparavant : ce chemin bordé de huttes aux toits de feuilles de palmiers, ce magasin d'outils agricoles, maintenant une remise, mais dont on apercevait encore l'enseigne. Soudain, la jeune fille tressaillit. A droite de la route, derrière un portail dont les grilles grandes ouvertes battaient au gré du souffle du vent, s'ouvrait une allée sans fin longée de palmiers royaux. « La Pointe aux Tortues ! » murmura-t-elle. Ainsi, le domaine enchanté de son enfance n'était qu'à quelques kilomètres de la pension ! Anna posa le front sur la vitre, les images surgissaient si nettes dans sa mémoire : la salle à manger avec ses fresques représentant les saisons, le patio où on avait servi le café au milieu d'une exubérance de plantes tropicales et de fleurs, Carmen et ses histoires merveilleuses, la hutte avec le paysan si pauvre et ses enfants au regard hostile, la plage et le gâteau d'anniversaire mangé avec des fourchettes en argent sur lesquelles étaient gravées les armes des Villanegro, les petites serviettes de dentelle, la gaieté de la cuisinière juchée sur sa carriole. Le bus était loin déjà, la poussière de la route effaçait les murs, les replaçait dans un monde onirique où une végétation qui jaillissait sans entrave les engloutissait. Mais que ce soit le lendemain, dans une semaine ou un mois, Anna savait qu'elle reviendrait à la Pointe aux Tortues.

Plusieurs jours durant, la jeune fille porta en elle une émotion étrange, joie et peur intimement mêlées. Chaque nuit, elle se rendait sur la pointe des pieds jusqu'à la fenêtre du dortoir, scrutait l'obscurité. Là-bas, toute proche, la maison de Juan Manuel l'attendait dans un univers assoupi qui la réclamait pour revivre. Longtemps elle restait accrochée au rebord de la fenêtre, le regard fixé droit devant elle jusqu'à ce que la fatigue la fasse tituber. Alors elle regagnait son lit, revoyait le visage de son père assis en face de Juan Manuel. Sa poitrine devenait douloureuse, comme si le temps passé ou le temps perdu l'étouffait. Puis le sommeil la submergeait pour tout effacer, tout rejeter dans l'oubli.

Le week-end suivant, Anna décida de ne pas rentrer chez elle à La Havane.

— J'ai du travail en retard, expliqua-t-elle au téléphone à sa mère, et je voudrais m'entraîner à la course.

— Tu as raison, acquiesça aussitôt Pamela, j'ai moi-même un rapport à écrire sur l'exemple donné au monde socialiste par les combattants vietnamiens. Pas de distraction. Mais j'irai dîner dehors samedi puisque tu n'es pas là.

— Amuse-toi bien, maman.

Elle n'avait pas osé demander si Ernesto Roca l'accompagnerait. Il aurait fallu poser la question sur le ton de la plaisanterie et n'ayant jamais partagé quoi que ce fût d'intime avec sa mère, Anna en était incapable.

Pour quitter la pension, la jeune fille attendit que les professeurs fussent tous occupés. Certes, personne ne lui interdirait de se promener mais elle ne voulait rien avoir à expliquer, surtout ne pas mentir. Peu à peu, le bruit des voix qui discutaient dans le réfectoire décrût, l'heure du petit déjeuner était passée. Le soleil montait au-dessus de la cime des pins, des palmiers, atteignant les plus hautes frondaisons des arbres centenaires. Anna avait pris dans son sac un sandwich, un bidon d'eau, passé une jupe de toile et des chaussures de tennis d'un orange vif qu'elle haïssait, les seules à sa taille proposées par le marchand de chaussures. A La Havane, on ne trouvait plus aucun vêtement à la mode, aucun jean, aucune sandale qui ne fût hideuse ou dans des tailles ridicules. « Elles sont parfaites, avait déclaré sa mère en les lui offrant, les chaussures sont faites pour protéger les pieds, non pour paraître au-dessus des autres. » Avec ses sandales marron qui semblaient provenir d'un couvent, Teresa n'était pas mieux lotie qu'elle, mais son amie, refusant l'égalitarisme et la laideur, les avait peintes d'un semis de fleurs multicolores.

La route toute droite longeait des maisonnettes en parpaings aux jardins méticuleusement soignés, des plantations de bananiers, des hangars de coopératives agricoles. De petits nuages blancs traînaient au loin, à la lisière des champs de canne qui étendaient leur ombre verte jusqu'à l'horizon. La poussière soulevée par les camions piquait les yeux d'Anna, la faisait tousser.

La mer ne devait pas être loin, la jeune fille le sentait à l'odeur du vent, à l'inclinaison des troncs des pins et des cocotiers. Bientôt, Anna reconnut la Pointe aux Tortues. Découvrant des plaques de pierre à vif comme des escarres où grimpaient des mousses, de minces tiges fleuries, le crépi du mur cernant la propriété n'avait pas été entretenu. A son pied, des débris de toutes sortes s'entassaient par endroits, comme si chacun avait pris l'habitude de vomir ses ordures contre ce symbole du passé.

Très émue, Anna se faufila dans le jardin par la grille entrouverte, suivit la voie royale des palmiers. Partout la nature avait repris ses droits, lançant des broussailles inextricables, des rejets monstrueux de plantes aux feuilles immenses qui s'accrochaient aux fûts des résineux et des cocotiers. Prise au piège entre les racines tombantes d'un ficus, une statue de Diane tentait de dégager un arc que la force des rejets avait brisé.

Anna s'immobilisa. Derrière les arbres, un pan de la maison, une partie du toit apparaissaient. Là s'était arrêtée la Chevrolet de son père mais le parking avait disparu. Tout était différent aujourd'hui, triste, inquiétant, et pourtant le charme jouait, plus fort encore. Maintenant, l'immense demeure des Villanegro se déployait devant elle avec ses deux piliers encadrant la porte d'entrée, les jalousies de fer forgé ornant les fenêtres du rez-de-chaussée, la galerie du premier étage bordée d'une balustrade de bois.

Le hall était vide. Du lustre arraché pendaient encore des fils électriques comme les entrailles d'une bête éventrée. Les unes après les autres, Anna poussa les portes. Le salon servait de dépôt, des sacs de ciment, des poutrelles étaient entassés là où se trouvaient les meubles, le piano. A la place des portraits des premiers marquis de Villanegro installés à Cuba, jaunies, tachées d'humidité étaient punaisées deux feuilles du *Grandma* [1] parlant de la victoire écrasante de Fidel Castro à la baie des Cochons. Sur le seuil de ce qui avait été la salle à manger, Anna leva les yeux. Délavées par les infiltrations d'eau, les fresques des saisons pleuraient des larmes ocre et vermillon. Par plaques entières, le dessin avait perdu toute forme, toute couleur.

« Pourquoi cette condamnation à mort ? » se demanda la jeune fille. Derrière la demeure, adossés à la façade donnant sur la mer, des appentis, des hangars avaient été édifiés. Le parc servait de piste aux camions qui faisaient la navette avec l'usine à sucre. Au milieu de la terre défoncée, quelques arbres maigres, comme miraculés, subsistaient, un if, un sapin, un oranger, eux aussi à moitié morts.

Le cœur battant, Anna pénétra dans le patio. Le gazon n'existait plus, des feuilles de palmiers desséchées, des branchettes cassées jonchaient le sol autour de la vasque tarie. Un poivrier avait survécu pourtant, qui ombrageait encore l'emplacement vide de la table. « Tu pourras aller te baigner tout à l'heure, Carmen t'accompagnera. Elle sait raconter de magnifiques histoires. »

La fillette pivota sur elle-même. La voix était si proche, si claire. Mais seul le vent jouait entre les palmes.

Anna se souvenait du corridor prolongeant l'escalier au premier étage. La porte de la chambre où elle

1. Journal officiel de la révolution cubaine.

s'était changée se trouvait tout au fond. Où était celle de Juan Manuel ? A gauche, derrière une grille aux motifs d'oiseaux, un balcon ceinturé de fines colonnettes surplombait le patio. Les volets intérieurs des pièces étaient tous fermés et le soleil, pourtant à son zénith, ne parvenait pas à égayer la couleur grisâtre des murs.

Doucement Anna poussa une porte. Dans le vaste espace carré, des rais d'une belle lumière filtraient à travers les persiennes. A pas feutrés, elle pénétra dans la chambre. Le silence lui fit peur, c'était comme une ombre de mort enserrant ces murs vides, le plancher recouvert de poussière. Qu'y avait-il autrefois ? Rien ne le laissait deviner. Les volets grincèrent un peu quand elle les replia et, soudain, ce fut l'éblouissement des reflets du soleil sur la mer, gommant la laideur des pistes, effaçant les bidons, les sacs abandonnés le long de la plage. Anna avait l'impression d'être une jeune mariée, ouvrant pour la première fois ses fenêtres au matin de ses noces. Au loin, un bateau de pêcheur semblait suspendu entre la mer et le ciel comme si le vent gonflait ses voiles pour le projeter dans l'infini. Anna eut un vertige. Un autre monde la prenait, lui parlait, plus fort, plus beau que celui de sa mère, des éducateurs, des gens du Parti qui ne cessaient pourtant de vanter leur incomparable pays. C'était un murmure, un chuchotement, une caresse, quelque chose de secret, de précieux et de doux, si fragile que la moindre conviction pouvait le dégrader.

Alors qu'elle allait quitter la pièce, Anna aperçut un petit morceau de carton coincé derrière ce qui avait dû être un panneau de papier peint et dont il ne restait que des lambeaux. Curieuse, elle le dégagea. C'était une photo de Juan Manuel où il ne paraissait guère plus de vingt ans. Debout sous le porche d'entrée de la Pointe aux Tortues, il posait une main sur une colonne. Son sourire, ses vêtements blancs, la coiffure plate sagement séparée par une raie accentuaient son air de jeunesse. Longuement Anna le contempla, elle aurait voulu prendre la main du jeune homme, rendre le léger baiser qu'il lui avait donné sur la plage, rester à jamais seule avec lui dans la demeure abandonnée.

Fiévreusement, elle glissa le portrait dans la poche de sa jupe. Il ne fallait pas qu'elle reste plus longtemps, des camionneurs risquaient d'un moment à l'autre de s'arrêter derrière le patio pour décharger des sacs. Elle dévala l'escalier et soudain s'immobilisa. Elle ne pouvait garder cette photo. Au pensionnat, les élèves s'espionnaient, se dénonçaient. C'était une habitude encouragée par les éducateurs qui voyaient dans la délation un moyen de maîtriser de mauvaises tendances pouvant compromettre l'avenir d'un individu comme celui de sa communauté. Non, Juan Manuel appartenait à la Pointe aux Tortues, il fallait le laisser sur sa terre. Mais où le cacher ? Anna songea au patio, là elle dénicherait sûrement un endroit propice mais elle devait faire vite, déjà le vrombissement d'un moteur s'amplifiait. Soudain, elle vit un trou dans le sol près de la vasque. En repérant un motif gravé dans la pierre, elle le retrouverait facilement. D'un geste vif, Anna saisit son porte-cartes, en ôta le contenu qu'elle fourra dans sa poche, glissa la photo entre deux feuillets de plastique transparent. Le sol était sableux, facile à fouiller. Avec ses deux mains, elle agrandit le trou, déposa le porte-cartes. « A bientôt », murmura-t-elle. Puis après avoir égalisé le terrain, elle plaça une palme desséchée qui dissimulait tout à fait la cachette.

Un court moment, la jeune fille demeura à genoux, comme en prière devant la tombe d'un être cher. Le camion était tout proche maintenant, elle entendait des voix, le grésillement d'une radio. Le cœur battant, Anna traversa le patio, se glissa à travers le salon vers la porte d'entrée. La couleur sinistre des murs, les volets clos, les broussailles qui mangeaient le parc ne l'attristaient plus. Elle avait un secret désormais, quelque chose enfin qui n'appartenait qu'à elle.

# 10

Lorsque les tambours prirent le relais des guitares, l'assistance tout entière applaudit à tout rompre. Une odeur appétissante de langouste grillée montait des barbecues dressés en plein air tandis que d'avenantes serveuses en jupes virevoltantes servaient bière, rhum et vin rosé aux convives regroupés autour de la piscine d'un hôtel de luxe de Varadero. Sous un bouquet de pamplemoussiers, un buffet avait été préparé où étaient disposés paniers de fruits tropicaux et bols en bois de teck où abondaient crevettes au citron vert et salades aux couleurs acidulées.

— Un peu excessif, murmura Pamela.

Depuis des années, elle n'avait vu pareille abondance. Où avait-on pu dénicher toutes ces merveilles ?

Tapant des mains et des pieds, encourageant les batteurs, les hôtes du gouvernement étaient euphoriques.

A côté de la table où s'étaient installés les professeurs les plus éminents de l'université de La Havane s'étaient rassemblés les Français, un jeune intellectuel bourgeois connu pour ses engagements révolutionnaires, trois journalistes, une philosophe, l'attaché culturel d'une ambassade en Amérique latine. Plus loin, le col de chemise ouvert, le teint rougi par le rhum tout autant que par le soleil, les Soviétiques semblaient s'amuser comme des enfants. De l'autre côté de la piscine, plus réservés, les Algériens observaient les batteurs, un sourire aux lèvres. On apercevait aussi un célèbre poète turc, des Mexicains, des représentants des républiques socialistes de l'Est.

— Il faut traiter nos hôtes correctement, affirma Ernesto.

Pamela s'efforça de retrouver sa joie mais un malaise ténu, indéfinissable l'empêchait cependant de s'y abandonner tout à fait. Si sa fille avait été près d'elle, peut-être aurait-elle profité de ses enthousiasmes d'enfant, mais Anna depuis plusieurs week-ends restait à la pension. Y était-elle plus heureuse que dans sa propre maison ?

A ses côtés, Ernesto affichait un visage épanoui. L'invitation officielle l'avait comblé. Sa soif de reconnaissance, d'honneurs, qu'il niait par ailleurs farouchement, étonnait toujours Pamela.

A présent les guitares reprenaient toutes ensemble, accompagnées des maracas. Encore quelques verres de bière et de rhum et les premiers danseurs s'élanceraient autour de la piscine. D'une voix forte, un Russe porta un toast.

— Regarde, mentionna Ernesto en pointant le menton vers une femme assise non loin d'eux. C'est Edith Garcia Buchaca, notre directrice des Affaires culturelles. C'est elle qui a convié tous les écrivains présents.

— Il n'y a pas assez de femmes au gouvernement, remarqua Pamela. Aucune au Comité central, pas la moindre aux postes clés du Bureau politique et du Comité exécutif.

— Mais le gouvernement s'efforce de les faire progresser ! s'écria un maître de conférences assis à leur table. Lisez les statistiques !

— Tant que les femmes seront coincées chez elles avec mari et enfants, elles ne pourront prendre aucun engagement réel.

— Madame Lamberth, les révolutions ne font pas de sentiment. Elles exigent un sacrifice permanent et total. Ni la famille ni les amis n'ont la moindre importance pour les vrais révolutionnaires.

Une rumba réunissait des dizaines de couples. Accompagné par l'orchestre, un groupe de Mexicains chantait à tue-tête. Le rire strident d'une femme s'éleva.

— Langouste ? interrogea Ernesto. Je vais en chercher pour tout le monde.

La réception touchait à sa fin, déjà la délégation algérienne s'était éclipsée. L'orchestre rangeait ses instruments. Ernesto prit la main de Pamela dans la sienne.

— Je veux profiter encore un peu de toi avant de rentrer à La Havane ! Faisons un tour, veux-tu ?

— Dieu merci, tu m'as fait échapper à la harangue d'adieu, s'esclaffa Pamela quand ils furent dans la voiture. Une fois qu'ils sont lancés, personne ne peut plus interrompre les camarades.

Du pot d'échappement troué s'échappait un nuage pestilentiel mais il faisait trop chaud et humide pour songer à fermer les fenêtres.

L'antique Dodge roulait au pas le long de la mer. Ernesto gardait les doigts de Pamela enlacés aux siens. Que pensait-elle en cet instant ? Leur liaison, vieille de six ans déjà, les laissait toujours amoureux mais Ernesto sentait désormais des réticences, des refus. Il n'avait pourtant rien à se reprocher. Jamais il ne s'était engagé à rompre avec sa femme. Le départ d'Anna en pension avait par ailleurs amélioré considérablement leurs possibilités de rencontres, ils s'arrangeaient maintenant pour passer un week-end par mois ensemble dans le calme de la petite maison du vieux quartier.

Alors qu'ils s'approchaient de Cardenas, deux motocyclistes de la Sécurité les dépassèrent, leur ordonnant par gestes de se garer sur le bord de la route. Bientôt, se déployant sur toute la largeur de la chaussée, une colonne de véhicules militaires les doubla dans un bruit assourdissant, si proches de la Dodge qu'ils la frôlaient parfois. En observant les chars, les voitures blindées, les camions où étaient entassés des hommes en armes, Pamela eut peur. Que venait faire ce déploiement de forces à quelques kilomètres à peine de Varadero qu'ils venaient de quitter dans une ambiance de fête ? Devant eux, la longue file s'éloignait.

— Rentrons à La Havane, suggéra Ernesto.

— Non, suivons-les au contraire, allons à Cardenas.

L'air était chargé de poussière, d'une odeur âcre d'essence.

Alors qu'ils atteignaient la bourgade, un barrage les arrêta.

— On ne passe pas.

— Pourquoi ?

— Il y a une manifestation de petits-bourgeois anti-révolutionnaires. Les forces de la Sécurité s'en occupent.

— Mais les chars ? s'écria Pamela.

— Faites demi-tour, insista l'homme.

Ernesto fit marche arrière. Pamela lui en voulut d'avoir si vite obtempéré.

— Je veux savoir ce qui se passe, décida-t-elle. Rendons-nous là-bas à pied, nous sommes à un kilomètre à peine de la ville.

Ernesto était fatigué, il avait trop mangé, bu trop de bière. Pourquoi s'entêter inutilement ? Il valait mieux rentrer. D'un geste, il tenta de l'arrêter mais avec une force qu'il ne soupçonnait pas, la jeune femme écarta son bras.

Au loin, on entendit une première détonation.

— Bonté divine, s'exclama Ernesto, tu ne vas quand même pas risquer ta vie !

Mais Pamela était déjà descendue de la voiture. Il la suivit.

Une foule vociférante déferlait le long de la rue principale de Cardenas. On entendait des cris, un tintamarre de cuillères frappant des pots vides. « Pauvres gens ! » murmura Pamela. Tous rassemblés, des pêcheurs misérables, des Noirs en guenilles, des femmes invectivaient l'armée. Un jeune garçon lança une pierre. Parmi les soldats, il y eut un frémissement. « A manger ! » hurlaient des femmes, « Liberté ! » reprenaient d'autres.

Soudain un homme pointa son pistolet sur Ernesto.

— Halte ! hurla-t-il. Personne ne passe !

D'un geste rapide, Ernesto tira de sa poche sa carte du Parti, la mit sous le nez du soldat.

— Ce sont les ordres, précisa l'homme d'un ton plus amène.

— Qui les donne ?

— Raul Castro.

Les yeux écarquillés, Pamela écoutait à peine, elle observait cette cohorte désarmée face à la troupe. Peu avaient des chaussures, aucun des vêtements décents.

Deux hélicoptères tournaient au-dessus de la bourgade. Malgré elle, la jeune femme songea à une chasse.

— Pourquoi cette répression ?

Le soldat haussa les épaules.

— Ce sont des bourgeois, des ennemis de la révolution.

L'absurdité de la réponse laissa Pamela sans voix.

Un officier criait des ordres. Le vrombissement assourdissant des hélicoptères s'amplifiait. Pamela vit des matraques dans les mains des hommes de troupe.

« De la nourriture, plus de famine ! » chanta tout près d'elle une femme noire. Elle tapait vigoureusement sur son pot vide en esquissant un pas de danse.

— En arrière, ordonna l'officier, recule !

Mais la femme avançait toujours. Le coup tomba. Pamela entendit le hurlement et vit le sang ruisseler du cuir chevelu ouvert.

Dans la Dodge qui roulait vers La Havane, Ernesto comme Pamela se taisaient. Livide, les paupières closes, la jeune femme gardait la tête appuyée contre la portière. Enfin, alors qu'ils entraient dans les faubourgs, elle ouvrit les yeux.

— Tout a changé, Ernesto, et pourtant tout est toujours pareil.

## 11

Régulièrement, Anna revint le dimanche à la Pointe aux Tortues. Elle partait tôt le matin pour quitter le domaine après l'heure du déjeuner, quand les ouvriers de la coopérative commençaient leur travail.

Mais, deux heures durant, la maison, la plage lui appartenaient. Parfois, elle parcourait toutes les chambres, ouvrait grandes les fenêtres, imaginant décors et personnages ; d'autres jours, elle s'aventurait dans le jardin, cherchant des traces de ce qui avait été sa splendeur. Souvent, à la chaleur de midi, elle se baignait à l'endroit même où elle avait joué dans les vagues sous le regard de Carmen. La lumière était si intense qu'elle devait se protéger les yeux en reprenant pied sur la plage. Au loin, elle apercevait la façade de la maison contre laquelle les hideux bâtiments étaient entassés, les colonnettes entourant la fenêtre en ogive de la chambre de Juan Manuel. Assise sur le sable, les genoux entre ses bras, elle revoyait l'adolescent de la photo, ou l'homme qu'elle avait connu. La plupart du temps, un bonheur très fort l'habitait mais il lui arrivait aussi de se sentir triste, d'éprouver sans pouvoir se l'expliquer une poignante impression de pourriture et de mort. Alors elle se levait, allait exhumer la photo pour être sûre qu'elle existait encore. L'angoisse disparaissait.

Quand la jeune fille quittait le domaine, elle ne se retournait jamais. La pension l'attendait, un autre monde qu'elle avait appris à aimer. Comme ses notes étaient bonnes, on lui confiait davantage de responsabilités. Au printemps, ce serait elle qui organiserait la récolte des bananes vertes et des patates douces. L'été, elle serait volontaire pour animer des camps de vacances pour les petits. Juste avant la fin de l'année scolaire, son nom fut affiché sur la porte de la salle de conférences : *Meilleure travailleuse du mois : Anna Lamberth*. Pour la récompenser, Pamela lui donna la petite broche émaillée en forme de tortue que Philip lui avait offerte le jour de leurs fiançailles.

— As-tu des nouvelles de papa ? interrogea Anna d'un air dégagé.

— Il vient de se remarier avec une très jeune femme. (Pamela eut un rire forcé.) A peine plus âgée que toi ! Quel non-sens !

— Pourquoi ne m'as-tu rien dit ?

La jeune fille domina avec peine l'envie d'un affrontement avec sa mère. Depuis longtemps, elles avaient l'une et l'autre accepté un *modus vivendi* : pas de reproches, pas d'attaques personnelles, pas de ruminations du passé. Elles devaient jouer ce jeu pour pouvoir vivre ensemble.

— Tu as eu beaucoup de travail à la fin de cette année, je ne voulais pas te perturber inutilement.

— Et Mark ?

— Il va bien. Ton père l'a mis dans une académie militaire en Virginie. Il veut rentrer dans l'armée.

— Cela te contrarie, n'est-ce pas ?

— Je n'ai plus mon mot à dire sur l'éducation de Mark.

« Mon frère a seize ans, pensa Anna, c'est un homme et je ne le connais pas. Jamais il n'aurait dû quitter Cuba. C'est papa le responsable. »

Les deux femmes fêtèrent en tête à tête les treize ans d'Anna. Une assiette de riz, quelques haricots, un maigre poulet constituaient le repas. La jeune fille repoussa son assiette.

— C'est tout ce que tu as trouvé pour mon anniversaire !

Pour la première fois, elle vit les yeux de sa mère se remplir de larmes.

— J'ai fait deux heures de queue pour le poulet. Tu n'as pas le droit de m'agresser ainsi !

Anna alla l'embrasser. Elle trouva soudain sa mère amaigrie, pâle. Jamais elle ne lui avait vu pareille mine.

Pamela ouvrit une bouteille de vin espagnol. Elles trinquèrent.

— A notre avenir !

— Et à Fidel ! voulut plaisanter Pamela, mais le ton était moins enjoué qu'auparavant.

Au dessert, Teresa fit son apparition avec un gâteau à l'huile et à la noix de coco.

— Maman a mis de côté cinq tickets de nourriture pour ce chef-d'œuvre, clama-t-elle joyeusement.

Alors, festoyons ! Et à propos de fête, pourquoi n'étiez-vous pas hier à la petite représentation cinématographique offerte par la brigade Pablo Neruda ? Leur *Ballade du soldat* était un pur régal ! (Teresa eut un fou rire, vite réprimé.) Les camarades russes leur avaient refilé une bande non sous-titrée. Mais pas un spectateur n'a osé se plaindre ! Tous des lopettes.

— Teresa !

— Vous n'allez pas me dénoncer, n'est-ce pas ?

La jeune fille planta son regard dans celui de la mère de son amie.

Pamela haussa les épaules. Elle haïssait la délation. Cent fois, elle avait affirmé aux dirigeants que ces pratiques étaient la honte du régime.

Après le dîner, Anna et Teresa allèrent se promener le long du Malecon. Malgré la pluie qui menaçait, une foule de Havanais allaient et venaient sur le boulevard.

— J'ai un rendez-vous ce soir, confia Teresa en pouffant de rire. Figure-toi que Miguel, tu sais, le frisé à lunettes, m'a invitée à prendre un verre.

— Chez lui ?

— Tu plaisantes ! Dans un café.

— Et tes parents ?

— Ils complotent. Papa est tous les soirs dehors, il rentre tard et papote avec maman une partie de la nuit.

Anna serra les dents. Elle aimait bien trop Teresa pour lui souhaiter le moindre mal mais l'attitude de sa famille l'indignait.

— S'ils détestent leur pays à ce point, pourquoi ne le quittent-ils pas tout de suite ?

— Tu t'imagines que l'on peut partir de Cuba simplement parce qu'on en a envie ? s'exclama Teresa.

Les passants les bousculaient, un soldat barbu leur adressa un clin d'œil. Venant d'un bar, une musique de mambo donnait envie de danser.

— Tu crois que Miguelito va m'embrasser ?

— J'espère bien que non ! Avec ses boutons sur la figure, il me dégoûterait !

— Je fermerai les yeux.

— Ecoute, Teresita, tu as treize ans et il en a quinze, tes histoires de flirt ne me semblent pas vraiment urgentes.

— Ma petite Anna, tout ce qui peut apporter un peu de rêve dans ce pays est bon à prendre. Je n'ai pas du tout envie de passer ma jeunesse à planter des orangers ou à couper la canne à sucre. Pas le moindre besoin de me dévouer corps et âme à une cause qui ne m'attire pas, aucune volonté de me surpasser pour décrocher des diplômes qui me permettront de gagner trois sous sans m'épargner les heures de queue en vue d'acheter des produits de dernière qualité. Je suis bloquée à Cuba, d'accord ! Miguelito ou un autre m'aidera à passer le temps.

Elles étaient arrivées en face du phare de la Punta. Les rafales du vent arrachaient aux vagues une bruine qu'elles dispersaient sur le remblai, et faisaient claquer le drapeau au bout de sa hampe. Epaule contre épaule, les deux jeunes filles s'assirent sur le muret longeant la mer. Devant elles, des hommes pêchaient à la ligne, des femmes bavardaient. Le crépuscule tombait gris et bleu sur l'étendue houleuse. Anna fixait l'horizon. Tout là-bas était Key West, l'Amérique, la liberté, disait Teresa. Mais il lui semblait que la liberté était autre chose qu'une possibilité de voyager, de s'acheter des produits nouveaux ou excitants. Elle ne se sentait pas prisonnière, bien au contraire. Penser aux autres, se dévouer, partager créaient une sécurité plus grande que l'argent. Sa vie avait un sens. Chaque matin, lorsqu'on la réveillait à la pension, elle avait la certitude d'être utile, de vivre au rythme de sa communauté, de sa terre. « Partir, partir », ressassait Teresa. Elle ne lui en voulait pas... La peur ou l'ambition, cela ne s'expliquait pas. Sa famille voulait fuir Cuba pour trouver un endroit plus serein, banal. Depuis bien longtemps, elle-même ne croyait plus au sort de mama Maria. Les liens qui l'attachaient à cette terre d'adoption venaient de son cœur, non d'une quelconque fatalité.

Un plat de porcelet rôti entre les mains, Anna émergea de la cuisine. Grande et mince, avec des cheveux blond-roux tombant en boucles sur ses épaules, un teint clair, elle paraissait plus que ses seize ans.

— Bon 26 juillet, maman !

Depuis la révolution, la fête de Noël était abolie au profit de la commémoration de l'attaque de Fidel Castro sur la caserne Moncada en 1953. Mais si les Cubains avaient changé de date, ils s'appliquaient à conserver les traditions et mangeaient le cochon de lait avec une sauce à base d'huile d'olive, d'ail et de jus d'orange amère accompagné d'un vin espagnol et de confiseries à la pâte d'amande.

— Cette année, nous n'aurons pas d'indigestion avec le cochon ! plaisanta Anna. Il faut des lunettes pour l'apercevoir.

Pamela essaya de sourire. Elle avait tant maigri qu'elle semblait plus fragile, moins femme que sa fille. En congé de maladie depuis le mois de juin, elle n'assistait plus à aucun meeting politique et, de longues heures durant, restait dans son fauteuil sous le ventilateur à parcourir des ouvrages sur le Viêt-nam ou la révolution en Amérique latine. Mais elle refusait désormais de vouloir gagner quiconque à ses points de vue, s'interdisant même toute conversation sur ces sujets avec sa fille.

Encore une année, et Anna aurait achevé ses études secondaires. Elle voulait étudier la médecine, devenir pédiatre, peut-être dans une petite ville de province.

La jeune fille posa le plat sur la table, remplit deux verres de vin.

— Je sais que tu n'aimes pas t'occuper de toi, maman, mais tu devrais faire un effort pour me tranquilliser.

— J'ai vu un médecin la semaine dernière.

— Vraiment ? Et que t'a-t-il dit ?

— J'ai un cancer assez avancé déjà, avec quelques lésions au foie.

Violemment la jeune fille se mordit les lèvres. Elle devait rester calme, ne pas manifester son affolement.

— On guérit les cancers aujourd'hui. Tu vas avoir de la chimiothérapie.

— Je commence demain. Mais l'espoir est faible, il faut que tu le saches.

Pamela avait insisté sur les derniers mots. Plus que sa maladie, l'idée de laisser sa fille seule la meurtrissait. Elle avait fait tant de rêves qui, les uns après les autres, s'étaient dissipés. Aujourd'hui, le sentiment de défaite qui la submergeait était intolérable.

— A la rentrée, je veux rester à La Havane à côté de toi. On trouvera bien un moyen de me faire transférer dans un lycée du quartier.

Un instant, Anna songea à ce qu'elle allait devoir abandonner : la gestion de la plantation d'agrumes, les cours de gymnastique qu'elle donnait en classe primaire, la Pointe aux Tortues, la présence de Teresa. Il fallait éviter d'y songer pour le moment. Sa place était auprès de sa mère.

Bientôt, Pamela eut des nausées, perdit ses cheveux. Au début de l'automne, elle prit la décision d'arrêter tout traitement, d'affronter seule la maladie. Chaque jour, après ses cours, Anna faisait interminablement la queue pour se procurer nourriture ou vêtements, assumait les gros travaux de la maison. Parfois, elle songeait fugitivement à ses errances à la Pointe aux Tortues, à la photo enterrée dans le patio. C'était le souvenir d'un temps révolu, d'un passé définitivement aboli. Elle avait voulu prolonger un rêve mais le temps était venu de revenir à la réalité. Sa mémoire resterait dans son cœur.

A la fin de l'année, Pamela sembla un peu mieux. Anna l'emmena à Varadero. De longues promenades sur la plage alternaient avec des moments de détente au bord de la piscine de l'hôtel où les travailleurs venaient se reposer. Dans ce qui avait été un paradis pour privilégiés, ouvriers agricoles, petits fonctionnaires, enseignants venaient passer quelques jours de vacances, prenant leurs repas dans les immenses salles à manger lambrissées, plongeant dans la piscine où s'étaient ébattus les riches Américains.

— Regarde, indiqua Pamela en souriant.

Sur le programme des activités du jour était inscrit : *Former l'homme à l'image de Che.*

— Guevara vit d'illusions, soupira-t-elle. Les Indiens ne seront jamais de son côté. Ils le considèrent comme un Blanc, donc comme un oppresseur. Bien des intellectuels ont vécu de chimères.

Dans l'eau turquoise de la piscine se reflétaient des palmes et les grappes mauves des buissons de bougainvillées. Deux pélicans volaient lourdement au-dessus de la plage.

— Je t'ai souhaitée cubaine plus que tout, continua Pamela, et pourtant tu resteras une Nord-Américaine ici. Il faut que tu le saches pour t'endurcir.

— Cuba est peuplée de gens venus de toutes parts ! protesta Anna.

— Depuis la révolution, il y a les pays amis et ceux qui le sont moins. Tu devras toujours prouver ta sincérité, elle ne sera jamais reconnue une fois pour toutes.

Pamela posa la tête sur le dossier de son fauteuil de plastique. Elle était si lasse ! L'heure était venue d'assumer les choix qu'elle avait faits : Philip, remarié, ne viendrait pas la réconforter, Mark, en s'engageant dans l'armée américaine, avait rompu tout lien avec elle. Depuis deux années, elle n'en avait aucune nouvelle. Parfois, elle entendait l'éclat d'un rire, revoyait une silhouette, celle d'un petit garçon de onze ans, une batte de base-ball à la main. Mais les traits de son fils s'effaçaient de sa mémoire. Avait-il encore un peu d'amour pour elle ou la haïssait-il ? Jamais elle ne le saurait. Pamela rouvrit les yeux. Anna lui restait, certes, mais elle la connaissait si mal ! Après les terribles crises qui avaient suivi le départ de son père et de son frère, sa fille s'était engagée corps et âme dans l'édification de son nouveau pays. C'était excessif, comme une compensation à trop de chagrin, trop de vide. La disparition de sa mère l'enfermerait plus encore en elle-même. Avant de partir, il faudrait lui ménager une sortie.

Jour après jour, insidieuse, la lassitude la gagnait davantage. Verrait-elle à nouveau l'été, la rentrée d'Anna à l'université ? Il fallait cacher sa détresse, sa peur, l'immense déchirure qui, autant que le mal, l'accablait. Non pas qu'elle regrettât ses choix. Les idées auxquelles elle avait cru, elle y croyait encore de toutes ses forces, mais, depuis le jour où elle avait vu l'armée matraquer le peuple de Cardenas, le doute sur leurs propres limites était là. Et cette lucidité, elle voulait la donner à sa fille. De Santiago de Cuba où il vivait désormais, Ernesto lui écrivait de longues lettres où transparaissait la même perplexité. Mais il avait cinquante ans, l'âge où tout retour en arrière est presque impossible. Même avec ses doutes, il continuerait. Comme elle l'avait aimé ! Après douze années d'un mariage sans joie, il lui avait offert la passion comme un cadeau ardent, brûlant ses bases, ses réticences de protestante américaine. Tout les unissait, les exigences du corps comme celles du cœur ou de la pensée. Puis l'amitié, la tendresse doucement avaient pris le relais. Lorsque le courrier fonctionnait, elle attendait ses lettres, un coup de fil parfois. Bientôt elle aurait le courage de lui apprendre qu'elle allait mourir. Il viendrait, serait à ses côtés avec Anna dans les ultimes moments.

Avec le vent soufflant de la mer, les vagues étaient formées, puissantes. Des enfants se baignaient en riant aux éclats. Pamela observa sa fille plongeant dans la piscine. Elle avait un joli corps délié avec des formes rondes, l'élégance de sa grand-mère paternelle, toujours si soucieuse d'une dignité bourgeoise. En Pennsylvanie, tout était strict, figé. Il fallait mettre des gants pour aller faire des courses, un chapeau pour se rendre le dimanche à l'église épiscopalienne. Issue elle-même d'une famille de petits commerçants,

Pamela avait eu le plus grand mal à s'adapter. Dans l'ennui quotidien de Pittsburgh, l'annonce de la nomination de Philip à La Havane avait sonné comme une délivrance.

Pamela changea de position. Poison distillé dans son corps, la douleur gagnait du terrain pied à pied. Un jour prochain viendrait la fin du voyage.

Anna émergea de la piscine, la lente agonie de sa mère la torturait mais il fallait se forcer à sourire, construire encore des projets. La nuit, les cauchemars resurgissaient : la mer immense, intraversable, le sang, le silence lourd comme une pierre tombale, et parfois le visage de mama Maria, tantôt jovial, tantôt grimaçant. « Un an maximum », avait avoué le docteur. Avec beaucoup de soins, beaucoup de tendresse, peut-être réussirait-elle à repousser ce terme. Cent fois Teresita lui avait répété : « S'il arrive quelque chose à ta mère, nous t'accueillerons chez nous. J'ai toujours rêvé d'avoir une sœur jumelle. » Mais elle n'était pas sûre de vouloir s'installer chez son amie. A l'université, elle aurait une bourse incluant son logement, la nourriture, les vêtements, les soins médicaux, un peu d'argent de poche. Tôt ou tard, Teresa et sa famille prendraient le chemin de l'exil, elle refusait d'être une nouvelle fois orpheline.

— Veux-tu boire quelque chose, maman ?

Mais Pamela s'était endormie. La bouche entrouverte, elle respirait bruyamment. Avec son teint blême, son nez déjà pincé, Anna lui trouva un faciès de morte. Gênée de voir sa mère ainsi diminuée et pitoyable dans la nudité de la maladie, la jeune fille détourna la tête.

## 13

Les doigts décharnés avaient du mal à décacheter l'enveloppe. Derrière la fenêtre grande ouverte, dans le jardin où coulaient le long des piliers du porche les fleurs blanches des frangipaniers, l'automne faisait refleurir les hibiscus en buissons jaunes et écarlates. Malgré la chaleur, Pamela avait froid. Semaine après semaine, elle avait tant lutté pour repousser l'échéance que son pauvre corps n'était plus qu'une ombre hantée par la souffrance. Enfin Anna avait rejoint l'université de La Havane en première année de médecine, maintenant elle pouvait abandonner la barre de son misérable esquif. Tout autour d'elle, le décor familier, buffet, table, chaises de rotin, tapis de sisal jeté sur le plancher qu'elle avait laqué de blanc pour le rénover à moindres frais deux années plus tôt, l'accompagnait amicalement, fidèlement. Elle habitait cette maison depuis quinze années, un temps si bref et long tout à la fois qui avait tissé la trame de sa véritable existence. La quitter ne lui donnait pas de regrets, seulement le sentiment d'un vide immense, d'une inutilité. A peine un an plus tôt, elle avait encore des révoltes, des enthousiasmes, des déceptions ; aujourd'hui, le définitif, lourd et muet, la possédait. Où étaient les mers orageuses, les nuits bouleversantes qu'elle avait traversées à Cuba avec ou sans Ernesto mais toujours portée par la passion ? Où brûlait ce flambeau qu'elle voulait tenir bien droit pour éclairer le monde ? « Pars, Anna, pars », murmura-t-elle. Il fallait qu'elle le lui dise ce soir même. Cuba était condamnée pour un péché que le monde haïssait, celui d'avoir voulu toute seule donner une leçon de fraternité et de justice. Hélas ! cette belle prétention s'était révélée mensonge, ou triste illusion.

La lettre venait d'Amérique avec un timbre au drapeau étoilé fièrement déployé. Sur le cachet, Pamela lut : *Pittsburgh, 15 septembre 1967.* Trois semaines pour arriver à La Havane, ce n'était pas si mal après tout.

L'enveloppe ouverte, Pamela dut mettre les mains sur ses genoux, poser la tête sur l'oreiller pour reprendre souffle. Des crampes la torturaient sans cesse. Sur le rebord de la fenêtre, deux troupiales au cri perçant se chamaillaient. La lumière du matin était si belle entre les feuilles, une source limpide et tiède ! Les yeux fixes, Pamela la laissa reposer sur ses mains. Mais, douce tout d'abord, la chaleur, semblable aux serres d'un oiseau de proie, commença à mordre sa chair. Elle reprit l'enveloppe, en extirpa la feuille de papier pliée en quatre.

*En juillet dernier, Mark est parti au Viêt-nam comme engagé volontaire. On vient de m'apprendre aujourd'hui qu'il est porté disparu au sud de Hanoi, Philip.*

Lâchant la lettre, les mains retombèrent sur les genoux. Pamela ne pouvait ni pleurer ni bouger, seulement respirer par petites saccades comme un poisson tiré hors de l'eau. Soudain, dans un souffle qui la portait, lui faisait dépasser ses ultimes limites, elle se redressa et hurla « Mark ! Mark ! » Puis, lourdement, la tête retomba sur l'oreiller. Son fils était mort et elle n'avait pas le droit de s'attendrir, de se le remémorer bébé dans ses bras, enfant sur ses genoux. L'ayant abandonné vivant, elle ne pouvait s'en réemparer aujourd'hui. Le silence était effrayant, non pas l'absence de bruits en cette heure paisible de la matinée, mais le silence de trop de questions restées sans réponses. « Mark, chuchota-t-elle, nous nous ressemblions finalement, toi et moi. » Une larme coula sur sa joue. Elle n'avait pas pleuré depuis si longtemps ! Depuis sa première nuit avec Ernesto, mais c'étaient alors des larmes de joie. Le corps n'avait qu'une seule réponse au bonheur fou et au désespoir absolu, comme si l'un et l'autre finalement étaient semblables.

Anna revint à midi trente pour préparer le déjeuner de sa mère. Mais au lieu de venir à pas feutrés l'embrasser sur le front, elle claqua bruyamment la porte de la maison, jeta ses livres sur la table.

— Che Guevara a été assassiné en Bolivie !

La voix était tremblante, courroucée. Pamela semblant ne rien entendre, la jeune fille répéta :

— Maman, Che Guevara est mort.

Elle aurait voulu saisir sa mère par les épaules, la secouer, qu'elle réagisse à cette absurdité, cette injustice, mais les yeux de Pamela la fixaient sans expression.

— Mark n'est plus, murmura-t-elle enfin. Il a été tué au Viêt-nam. Je ne tiendrai plus très longtemps maintenant. Tu vas appeler Ernesto à Santiago, lui demander de venir. Rassemble aussi mes livres et brûle-les, aujourd'hui même. Ne me laisse que Cervantès et Shakespeare.

Selon leur habitude, les deux femmes dînèrent tôt, d'une soupe aux légumes et aux haricots suivie d'un fruit. Pamela toucha à peine à sa nourriture. D'un geste maladroit, elle renversa son verre d'eau teintée de vin. Tout était trop exigu autour d'elle, étouffant. Elle avait hâte de s'évader, de quitter cette maison, cette ville, ce pays et même sa propre fille. Elle n'avait plus de mari, plus d'enfants, plus aucune foi, elle était libre.

— Ecoute-moi, demanda-t-elle en repoussant son assiette.

Anna sursauta. Pour la première fois depuis presque dix ans, sa mère s'adressait à elle en anglais. Réveillant des émotions oubliées, les mots sonnaient étrangement à ses oreilles.

— Dans quelques jours, je serai partie. Ne m'interromps pas, je t'en supplie, j'ai si peu de forces !

— Je te comprends mal, maman, parle espagnol, s'il te plaît.

— Jamais plus. Il faut que tu sois attentive, c'est important.

— Je t'écoute, ne t'inquiète pas.

Elle avait balbutié cette trop courte phrase, l'effort et l'émotion conjugués lui procuraient une vive sensation de malaise.

— Après ma mort, Ann, je voudrais que tu retournes en Amérique auprès de ton père. Tu es toujours citoyenne américaine, on te donnera un visa de sortie. Ne crois pas que je veuille te brimer ou prendre, aussi abusivement que je l'ai fait autrefois, la direction de ta vie. J'aurais dû te parler plus tôt mais je n'en ai pas eu le courage. Mes conseils sont un tel aveu de défaite ! Ici, ton existence sera sans surprises et sans passions. Une macabre routine. En quelques années, notre génération a tout asséché, ne laissant derrière elle que cendres et aridité : travailler, se priver de tout pour survivre au rythme des discours d'un chef qui s'érige de plus en plus au rang de juge suprême, en seul détenteur de la sagesse et de la raison. Lui qui haïssait tout culte de la personnalité n'est plus entouré que de courtisans à ses bottes. Jamais il ne cédera sa place.

— Mais, maman, tu oublies le peuple de Cuba et nous en faisons partie, n'est-ce pas ? Il a changé en dix ans, redressé la tête. Il croit en l'avenir, se battra jusqu'au bout pour la révolution.

Les mots espagnols se mêlaient à l'anglais dans la même rage de protestation. Sa mère n'avait pas le droit de se renier ainsi.

— J'aime ce peuple, Ann. Je lui ai tout donné mais, en se vendant aux Soviétiques pour quelques arobas[1] de canne à sucre, il a perdu son indépendance.

— Avant la révolution, il appartenait aux Américains !

— Un maître ou l'autre, quelle importance ! Et nous qui voulions entraîner le monde libre derrière nous !

— Maman, comprends bien que tu te révoltes aujourd'hui uniquement parce que Mark est mort ! Ta peine n'est pas une excuse pour trahir notre pays.

— Je ne le trahis pas puisque je m'en vais. Je regretterai les nuages, la mer et les fleurs, certains visages et toi, mon enfant. Maintenant pars, je souhaite dormir. J'ai eu tort sans doute de vouloir te conseiller. Chacun doit supporter ses propres blessures. Quant à être heureux...

Anna passa une partie de sa nuit à feuilleter les vieux albums de photos. Là, Mark était juché sur une bran-

1. Unité de mesure pour la canne à sucre.

che, là, il faisait une grimace, là, armé d'une pelle, il construisait un château de sable à Varadero. Souvent son père apparaissait en costume clair avec son chapeau de paille ou en veste blanche lorsqu'il sortait le soir avec Pamela. Sur la dernière photo, prise quelques jours avant son départ, son grand frère levait les deux bras vers le ciel comme s'il allait s'envoler. Il avait onze ans alors et s'était immobilisé à jamais dans sa mémoire.

Sur la pointe des pieds, la jeune fille alla voir sa mère. Recroquevillée sur elle-même, abrutie de calmants, elle gisait sur sa couche.

Les insectes faisaient crisser la nuit. A pas lents, Anna arpenta le jardinet, essayant d'identifier les frôlements, les craquements, les grincements, les minces stridulations. Elle s'en voulait de s'être montrée agressive mais, même dans son état, Pamela n'avait pas le droit de se désavouer ainsi. En s'apitoyant sur la mort d'un fils qu'elle avait librement choisi de ne plus revoir, c'était bien plus sur elle-même qu'elle s'attendrissait.

Anna leva les yeux. Les nuages semblaient fondus à la nuit autour d'un coin de lune jaune que l'absence d'étoiles rendait inquiétante, comme un œil de cyclope. La jeune fille était au pied du manguier. Mark aimait y grimper, s'aménager des refuges dans les branches. Parfois, il la bombardait de fruits trop mûrs dont le jus imprégnait ses cheveux, dégoulinait sur ses épaules. Elle posa le front sur l'écorce. Ni la mort de son frère ni celle de sa mère ne l'empêcheraient de poursuivre sa propre route. Elle travaillerait avec plus d'acharnement encore pour décrocher son diplôme, s'implanter au cœur de la campagne cubaine. Personne ne la tirerait en arrière.

Brûler ses livres, avait exigé Pamela. Elle ne le ferait pas, elle n'appellerait pas non plus Ernesto, l'homme qui avait pris la place de son père. Elle ne voulait pas de lui aux obsèques. Le terme de toutes les hypocrisies était arrivé.

# 14

Trois semaines après la mort de Pamela, une famille de fonctionnaires s'était installée dans la maison, laissant à Anna sa chambre, un cabinet de toilette et l'accès à la cuisine. Les meubles avaient été distribués. Dans le jardin, une balançoire pendait à la grosse branche du manguier, un amoncellement de caisses vides empêchait l'hibiscus de refleurir. Janvier était exceptionnellement pluvieux, avec des bourrasques qui échevelaient les palmiers, dispersaient les fleurs légères des seringats. Lorsque les nouveaux arrivés dormaient enfin, Anna venait travailler sous le porche pour profiter de la fraîcheur de la nuit. Parfois, Teresa la rejoignait. Au cours de sa première année de médecine, son amie avait soudainement opté pour des études d'infirmière. Dans deux ans, elle aurait son diplôme et travaillerait. Elle ne faisait guère de projets cependant, semblait toujours attendre quelque chose qui n'en finissait pas d'arriver. Anna ne l'interrogeait pas. Si Teresa et les siens décidaient de s'exiler aux Etats-Unis, elle ne voulait pas le savoir.

Le jour de ses dix-huit ans, la jeune fille se rendit en car à la Pointe aux Tortues où elle n'était pas allée depuis deux ans. La propriété donnait une impression encore plus pénible d'abandon. Hormis l'allée menant à la maison qui semblait bénéficier d'un minimum d'entretien, la nature avait repris possession du parc. L'ombre était plus épaisse, plus hostile qu'auparavant. Desséchées ou pourries, les aiguilles de pins, les palmes s'amoncelaient sur ce qui avait été autrefois une pelouse. Toutes ces années, elle avait gardé en elle la Pointe aux Tortues d'autrefois et aujourd'hui elle devait faire un effort pour s'en souvenir. Dans la maison, des sacs, des détritus de toutes sortes interdisaient presque l'accès aux pièces. Des pans entiers de la belle rampe de fer forgé avaient été arrachés de l'escalier.

Dans la chambre de Juan Manuel, polluant murs et

sol, des oiseaux avaient établi leur demeure. Anna redescendit avec précaution, gagna le patio. L'ombre des colonnettes se projetait sur le sol nu parfaitement balayé. Le cœur serré, la jeune fille essaya de retrouver l'endroit où elle avait enfoui la photo, mais la pierre posée comme repère avait disparu. Elle ne reconnaissait rien, elle était étrangère. Alors, à pas lents, Anna abandonna la maison, remonta sans se retourner l'allée des palmiers dont les feuilles, dans le souffle du matin, bougeaient imperceptiblement. La grille d'entrée n'existait plus, même les gonds avaient été récupérés. Elle ne reviendrait pas. Les forces destructrices avaient gagné.

Sur la route passaient bruyamment des camions, des mobylettes qui dégageaient une forte odeur d'essence, soulevaient des volutes de poussière. Anna avait le cœur et la gorge serrés. Elle allait reprendre le bus et, au lieu de rentrer chez elle, se rendrait directement à la bibliothèque du département de médecine pour y travailler jusqu'à la nuit. Les étudiants d'été, ceux qui profitaient de leurs vacances pour s'instruire, paysans, ouvriers, coupeurs de canne avaient pris leurs quartiers à l'université. Anna aimait leur parler, écouter leurs aspirations, les aider à trouver une juste voie. Maintenant qu'elle vivait seule, ils formaient une sorte de famille pour elle.

— Vous allez à La Havane ?

Une vieille De Soto s'était arrêtée sur le bord de la route. Par la fenêtre ouverte, un garçon brun se penchait.

— Je ne vous garantis pas le confort mais vous arriverez là-bas plus vite qu'à pied.

Un instant, Anna fut tentée de faire demi-tour. Depuis la honte infligée par Carlos, chaque garçon semblant rechercher une aventure la crispait. Mais le sourire était sympathique, la proposition tentante. Le bus ne passait qu'au milieu de l'après-midi et la perspective de longues heures d'attente dans ce coin perdu ne présentait aucun attrait.

Le garçon avait ouvert la portière, déjà il tendait la main.

— Je m'appelle Diego.

— Moi, Anna.

Elle s'installa. Le soleil se reflétait sur les vitres où il éclatait en étincelles joyeuses. Devant eux, la route était toute droite, bordée de maisonnettes et de hangars, de panneaux parfois, glorifiant le peuple cubain et sa révolution. L'été était déjà là, moite et radieux.

— Etudiante, je suppose ?

Diego portait une chemisette de coton blanc, un pantalon beige, élégance rare à Cuba où chacun achetait au hasard les rares vêtements disponibles.

— Pourquoi le supposez-vous ?

— Vous n'avez pas l'air d'une paysanne.

Au moment de le sermonner sur la dignité des paysans, Anna se retint. Mieux valait prendre les choses à la légère, se détendre un peu.

Le jeune homme conduisait moins vite que la plupart des Cubains, une camionnette le doubla qu'il ne chercha pas même à rattraper.

— Si on s'arrêtait pour déjeuner ? proposa-t-il soudain.

— Le dimanche, il y a des heures de queue devant les restaurants.

— J'en connais un où l'on n'attendra pas. Mais ne soyez pas trop exigeante sur le choix des mets ! (Il éclata de rire.) D'ailleurs, à Cuba, qui pourrait l'être ?

Derrière la maison banale au bord de la route, le jardinet était un délice de verdure et de paix. Tout autour de la barrière qui en cernait les limites se mêlaient philodendrons, touffes de bananiers et de fleurs d'oiseaux de paradis. A droite s'accrochaient aux grilles du petit poulailler les grappes jaune et mauve d'un hibiscus de mer.

— Le propriétaire reçoit discrètement ceux qui peuvent fournir pour leur repas un peu plus que l'addition des restaurants d'Etat. Mais au lieu d'un morceau de porc gras et d'une louche de haricots noirs, vous aurez une omelette, des légumes frais et, si Dieu le veut, une part de gâteau.

— C'est illégal ! protesta Anna.

Diego regardait la jeune fille d'un œil amusé.

— Vous croyez *vraiment* en tout cela ?

Il avait appuyé sur « vraiment » avec une légère ironie.

Il tira une chaise pour installer sa passagère. C'était un geste désuet, inhabituel. Anna en fut touchée.

L'hôtesse, une grosse femme en tablier bleu, se tenait devant eux, un pichet d'eau fraîche et un panier de petits pains à la main.

— Aujourd'hui, j'ai de la poule aux légumes et au riz, des avocats et des tomates en salade, du flan, des mangues, de la gelée de goyave. Que désirez-vous ?

— Tout, décida Diego. Avec une bonne bouteille de sangre-de-toro.

— Plus de vin espagnol, mais j'ai un rouge argentin si vous voulez.

La route, les camions, la poussière semblaient faire partie d'un autre monde. Grimpés sur la table, un couple de lézards tendait le cou.

— Ils se font la cour, plaisanta Diego.

Anna détourna la conversation.

— Quelle lucrative fonction remplissez-vous ?

— Je suis comédien, avec la petite ambition de devenir metteur en scène.

— A La Havane ?

— Au Théâtre National. Mais nous faisons des tournées culturelles dans tout le pays.

— C'est un métier un peu futile, plaisanta-t-elle.

— Et équivoque. Beaucoup de comédiens, soupçonnés d'être homosexuels, ont été envoyés aux travaux forcés dans l'île des Pins. Vous ne le saviez pas ?

Le ton restait enjoué, le regard amical.

— On colporte tellement de bruits ! Je n'ai jamais été à l'île des Pins.

— Finis les trésors de Stevenson[1]. Les détenus y

1. C'est dans l'île des Pins que Stevenson a situé l'action de son roman *L'Île au trésor*.

travaillent douze heures par jour dans les carrières de marbre, en plein soleil. Mais parlons d'autre chose, voulez-vous ? Laissez-moi deviner ce que vous faites et d'où vous venez. Il y a un soupçon d'accent dans votre espagnol. Seriez-vous chilienne ?

Anna secoua la tête.

— Portoricaine ?

— Pas du tout.

— Alors philippine, angolaise ?

Ensemble ils éclatèrent de rire. L'hôtesse arrivait avec un bol plein de cubes de glace, une bouteille qu'elle posa sur la table. Diego remplit les verres. Anna le trouvait beau, trop peut-être. Pas un défaut dans son visage. Mais il était petit, avec un corps frêle. Nul doute, il devait jouer les romantiques : *Premier Amour* de Tourgueniev, *Crime et Châtiment* , ou du García Lorca.

— Je suis née aux Etats-Unis d'où je suis partie très jeune. En fait, je parle mal l'anglais, il faudrait que je reprenne des cours. Pour l'instant, j'étudie la médecine.

Diego l'écoutait attentivement. Elle aimait l'expression amicale, joyeuse de son regard. L'une après l'autre, les réticences de la jeune fille disparaissaient, lui laissant une sensation de confiance heureuse tout à fait nouvelle.

La poule, accompagnée d'une sauce aux piments, tomates, oignons et raisins secs était délicieuse. D'un jasmin qui fleurissait dans un tonneau éventré montait une odeur sucrée. Les jeunes gens parlèrent littérature et musique. L'un et l'autre admiraient José Marti, Carpentier et García Marquez, appréciaient la musique afro-cubaine, les mambos mais aussi la guitare classique. Qu'Anna n'ait jamais été danser le samedi soir avec des amis égaya Diego.

La jeune fille but un deuxième verre de vin. Sa fraîcheur dans la bouche, son goût framboisé étaient exquis.

— Et que faisait une casanière comme vous seule sur cette route ?

A travers le verre, la lumière jouait, donnant au vin des reflets carmin. Anna ne répondit pas. Son histoire d'amour avec la Pointe aux Tortues n'appartenait qu'à elle.

Ce mutisme attisa encore l'intérêt que Diegò portait à cette fille aux cheveux blond-roux et au regard trop sérieux.

— Plus tard, vous me parlerez de vous ?

— Parce qu'il y aura un plus tard ?

Vivement, le jeune homme s'empara de la main qu'Anna avait posée sur la corbeille de pain. Elle ne la retira pas.

## 15

— Ce soir, je pars en tournée à Santiago pour une quinzaine de jours.

— Première nouvelle !

— Tout a été décidé ce matin. Je remplace Antonio Perez, un ami malade. Si par miracle une ligne acceptait de fonctionner, je t'appellerai de là-bas, sinon je te ferai signe dès mon retour.

Anna raccrocha. Avec la rentrée universitaire, elle voyait Diego moins souvent. A plusieurs reprises, elle avait même décommandé un rendez-vous pour travailler ses cours. Si elle voulait espérer un stage intéressant dans le cadre de son titre de travailleur sanitaire, elle devait achever son premier cycle avec honneur. Il lui faudrait encore quatre années d'études pour décrocher son diplôme, partir ensuite deux ans en zone rurale avant d'entreprendre une spécialisation. Tant d'années de travail acharné devant elle la rendaient réticente à tout engagement sentimental.

Durant l'été, elle avait souvent dîné avec Diego, acceptant parfois d'aller danser puis, installés sous le porche de la maison où le jeune comédien occupait un petit appartement, ils restaient de longues heures à discuter. Assise à côté de lui sur la balancelle, elle aimait que leurs deux corps se frôlent. Parfois, elle le laissait prendre sa main et la garder dans la sienne mais jamais elle n'avait accepté qu'il l'embrassât. Cependant, malgré ses refus ou dérobades, il n'avait pas cherché à espacer leurs rencontres.

Pensive, la jeune fille revit les yeux noirs et vifs de son ami, l'arc des sourcils qui leur donnait un air un peu étonné, comme s'il contemplait la vie avec un perpétuel amusement.

Dehors retentissaient les accords d'une musique militaire, un défilé sans doute en l'honneur d'une quelconque victoire de la révolution. C'était toujours l'armée qui en définitive gagnait les révolutions.

Il était trois heures, le moment de retourner à l'université. Le soir, pour participer à l'effort communautaire des étudiants, elle servait à la cafétéria, puis revenait se coucher dans la chambre qu'elle occupait depuis son enfance. La famille Garcia prenait de plus en plus de place, une des fillettes avait même sollicité l'accès à son cabinet de toilette. Elle avait accepté. Alors que chacun tentait de mieux fraterniser, comment se montrer égoïste ?

Tard dans la nuit, elle restait dans le fauteuil que Pamela aimait tant. Des feuilles du manguier tombaient autour d'elle, une odeur vanillée montait des acacias. Elle avait l'impression d'entendre la voix de sa mère : « Anna, il faut avoir confiance en la vie. » Pourquoi, après avoir perdu sa foi dans ce pays, étaitelle restée à Cuba ? A cause d'Ernesto ? Par entêtement ? Elles s'étaient peu, mal connues toutes deux.

— Anita ? Le miracle a donc eu lieu. Devant une assistance enthousiaste, je viens de jouer *La Maison de Bernarda Alba*. Les femmes me lançaient des œillets.

A cette heure avancée de la nuit, le salon des Garcia était obscur et silencieux. Autrefois, tandis que Pamela préparait un cours, c'était là qu'elle faisait ses devoirs, sous les austères portraits de ses grands-parents Lamberth que Philip avait négligé d'emporter avec lui.

— Quand rentres-tu ?

— Dans une dizaine de jours. Nous passerons par Camagüey et Santa Clara. Tu me manques...

La communication était déjà coupée lorsqu'elle voulut répliquer.

A son réveil, le soleil franchissait le mur du jardin pour se répandre sur les bouquets d'hibiscus qui, ayant repris leurs prérogatives, enfouissaient sous un amoncellement de fleurs et de rejets les vieilles caisses abandonnées par les Garcia. La vie et le silence s'unissaient, engendrant une grande paix que le tintement furieux de la sonnette rompit comme une profanation.

— C'est Teresa, cria Carlotta, la plus jeune des filles Garcia. Elle veut monter.

Anna sauta de son lit et enfila en vitesse une chemisette, une jupe de coton, passa les sandales qu'elle venait d'acheter et que, sans nul doute, son amie qualifierait de chausses de carmélite.

— As-tu un instant ?

Il y avait une étrange tension dans la voix de Teresa. « Quelle drôle de fille, pensa Anna. Tantôt dépressive, tantôt surexcitée mais toujours généreuse. »

— Evidemment. Veux-tu un café ?

Les yeux gris-vert de Teresa la fixaient intensément.

— Mes parents prétendent qu'on ne peut pas te faire vraiment confiance. Mais nous sommes amies depuis plus de dix ans et je te crois incapable de me trahir.

Anna domina un mouvement d'agacement.

— Qui sait ? Peut-être me connais-tu mal après tout ? essaya-t-elle de plaisanter.

— C'est sérieux, Anita.

Teresa rejoignit l'extrémité de la chambrette, s'adossa à côté de la fenêtre ouverte. Anna voyait son visage fin dans la lumière, la masse des cheveux bruns et souples. Elle allait l'abandonner, elle aussi. C'était son départ qu'elle était venue annoncer.

— Nous avons enfin une filière sûre pour quitter Cuba, chuchota la jeune fille. Aucune date n'est encore fixée, mais c'est pour bientôt. Veux-tu venir avec nous ?

Malgré son envie de pleurer, Anna se força à sourire.

— Vous devez tous être bien contents, vous désiriez partir depuis si longtemps ! J'espère que vous ne prenez pas de risques.

— Tu n'as pas répondu à ma question.

— Tu connais déjà ma réponse. Si tu veux devenir américaine, parfait. Tu te maquilleras, conduiras ta voiture, feras du shopping. Moi, j'ai ma place ici, je la garde.

— Tu dis n'importe quoi, Anna. Quel genre d'espoir peux-tu entretenir dans un pays où nul n'a le droit de proférer la moindre critique, où la pensée est muselée, où les intellectuels sont des doctrinaires aux ordres ?

Teresa détourna la tête, le sang bouillait dans ses veines. Sous le porche, Jesus Garcia prenait le café en lisant le *Grandma* de la veille, Cecilia, la fille aînée, rassemblait ses livres. Teresa observait la figure basanée du père, les cheveux crêpés de son enfant. Sans nul doute, ces mulâtres avaient bénéficié de la révolution. En échange d'une totale servitude, un Garcia recevait mille bienfaits du gouvernement. Mais Anna ?

— C'est possible, rétorqua Anna. Mais oublies-tu les victoires que nous avons remportées ?

— Elles vont vite battre de l'aile, tes victoires ! Et puis, tant mieux pour les coupeurs de canne, mais tu n'es pas des leurs ! Les médecins gagnent trois sous ici, on les envoie dans des trous de campagne où rien ne se passe. Tu finiras ton deuxième cycle à vingt ans ? Imagine-toi dans un bled, seule, sans autre contact avec le monde que tes livres. Tu es suicidaire, Anita. En te mettant depuis des années sur le dos des fardeaux trop lourds, tu cherches à expier quelque chose que je ne cerne pas bien. Pense donc un peu à toi. Aime Diego puisqu'il te plaît ! Laisse-le te prendre dans ses bras, te caresser, te rendre heureuse.

— Tais-toi, coupa Anna. Est-ce que je te prodigue

des conseils quand tu te fais baiser par le premier venu ?

Teresa était devenue toute pâle.

— J'essaie de survivre mais sans espoir de réussite, c'est vrai.

Tout autant que le gouvernement de son pays, elle haïssait le genre d'existence qu'elle menait.

— Oublions tout cela, continua Anna, et parlons sérieusement.

Tempérant la moiteur de ce début de matinée, une brise marine froissait les feuilles des manguiers. La jeune fille tendit une tasse de café préparée sur un réchaud. Au rez-de-chaussée, les Garcia au complet se rendaient à leurs activités quotidiennes.

— Tu t'installeras à Miami ?

— Chez mon oncle et ma tante Olmedo. Viens aussi. Ton père sera tellement heureux de te retrouver !

La gorge d'Anna se serra douloureusement. Teresa, bien sûr, cherchait des arguments pour la convaincre mais elle ne se doutait pas du mal qu'elle lui faisait.

Comme son amie ne répondait pas, la jeune fille, croyant qu'elle avait visé juste, insista.

— Il n'a plus que toi, maintenant.

Anna acquiesça sans conviction. Depuis le mot annonçant la disparition de Mark au Viêt-nam, Philip n'avait donné aucun signe de vie.

— Je ne peux bâtir mon avenir sur un père que je n'ai pas vu depuis plus de dix ans.

Malgré le dénuement ou l'arbitraire présent à Cuba, elle trouvait dans ses convictions une énergie qui la poussait en avant. Et puis, il y avait Diego. Elle revit son regard, l'ovale du visage, la courbe du nez, des lèvres et se rendit compte qu'elle le désirait. Il fallait qu'elle s'accepte telle qu'elle était, une fille amoureuse. Cette pensée la remplit de joie. Affectueusement, elle passa un bras autour des épaules de son amie.

— Un jour, tu reviendras. Je t'attendrai.

— Moi aussi je vais t'attendre, Anita. Tu sauras le

jour, l'heure de notre fuite. Jusqu'au dernier moment je garderai l'espoir de te voir nous rejoindre.

— Peut-être, murmura Anna.

Elle voulait atténuer la dureté des adieux.

## 16

Quelques semaines après son retour à La Havane, Diego apprit à Anna qu'il repartait, cette fois pour une tournée en URSS. Un mois d'absence, aucune communication possible. La veille du départ, il l'avait serrée contre lui, leurs lèvres s'étaient effleurées. Elle avait rougi violemment.

C'était un samedi soir de novembre. Leur semaine de travail achevée, les Cubains s'habillaient, se coiffaient soigneusement, se parfumaient avant d'aller se distraire. Ils déambulaient dans les rues, s'arrêtant parfois pour déguster une glace, boire un café ou un jus de fruit. Sur le Malecon, la foule était dense. Reluquant les groupes de garçons tirés à quatre épingles, des jeunes filles se tenaient par le bras. Des jeeps où s'entassaient des soldats bonasses, d'antiques voitures passaient en klaxonnant bruyamment. Quelques vieux fumaient de fins cigares. Diego et Anna s'étaient installés sur le muret longeant la mer. La nuit tombait, incendiant le ciel. C'est là qu'il l'avait embrassée.

— Nous avons la vie devant nous, avait-elle murmuré.

— J'admire tes certitudes. Moi, je n'en ai aucune.

— Pas même celle de me revoir ?

Il avait hoché la tête et leurs mains s'étaient séparées. Trop vite. Anna ne savait que faire ni que dire pour qu'il la reprenne dans ses bras. Mais il restait sagement à contempler la mer. Elle fut sur le point de poser la tête sur son épaule et finalement renonça.

— Je ne suis pas même sûr que tu sois vraiment heureuse avec moi.

Elle garda le silence, il n'y avait rien à répondre à cette provocation injuste. Finalement, Diego sourit.

— Veux-tu dîner ?

Solitaire dans le flamboiement du ciel, un bateau de pêcheurs s'éloignait.

Ils avaient juste pris un bol de riz et des bananes frites dans une échoppe. Anna savait que le moment était venu de dire à Diego qu'elle l'aimait, qu'elle attendrait avec impatience son retour. Le jeune homme tendit un morceau de la mangue qu'il coupait.

— Il paraît que les jeunes filles russes sont accueillantes.

Anna se mordit les lèvres.

— Profites-en.

Elle aurait voulu reprendre ces mots stupides. Diego éclata de rire.

— Peut-être écouterai-je ton conseil.

La petite place était déserte. A côté d'eux, des chiens fouillaient une poubelle renversée.

— Il est tard, je te raccompagne ?

Devant sa porte, il ne l'avait pas embrassée. Sa main était douce, presque indifférente.

— Bon voyage.

Au moment où elle le désirait le plus ardemment, où elle aurait peut-être accepté de le laisser monter dans sa chambre, Diego se détachait d'elle.

— Dimanche matin nous partons, expliqua Teresa d'une voix saccadée. Mon père a réservé un petit langoustier pour une partie de pêche. Nous monterons à bord avec quelques provisions. Le marin est d'accord pour nous amener à Key West. Là-bas, il proclamera qu'on l'a kidnappé et reviendra ici sans prendre le moindre risque. On lèvera l'ancre à sept heures trente précises.

— Et si les gardes-côtes vous empêchent d'appareiller ? Si quelqu'un vous trahit ?

— Qui pourrait le faire ? Tu es la seule à être au courant.

— Le pêcheur ?

— Il a reçu beaucoup d'argent, la corruption est sévèrement punie à Cuba. (Les yeux de Teresa brillaient.) Non, tout marchera bien, tu verras. Mes parents n'ont rien négligé. Voilà des mois qu'ils préparent notre fuite.

Entre deux goyaviers dont les fruits jaunes embaumaient, Anna se balançait sur un rocking-chair dans le jardin de son amie. Depuis le départ de Diego, elle avait pour la première fois manqué des cours.

— Je souhaite du fond du cœur que vous arriviez à Miami sains et saufs.

— Avec toi. Tu ne dois pas rester seule ici. Diego va passer sa vie à voyager, et toi la tienne à l'attendre.

— Je ne l'attends plus.

Elle était fatiguée. Pour oublier ceux qui la quittaient, peut-être allait-elle se résoudre à partir quelques jours, laisser derrière elle La Havane, se réfugier dans un hôtel anonyme où le gouvernement invitait les travailleurs d'élite, les étudiants les plus brillants. Là, on la solliciterait pour donner un coup de main au médecin débordé, entraîner les adolescents à la course, jouer avec les jeunes enfants. Elle serait happée, sans une minute à elle pour penser à Diego et être malheureuse.

La nuit était déjà avancée. Encore quelques jours et ce serait la fin de l'année 69. Toute la soirée, le programme de télévision avait été consacré à la mobilisation générale du peuple en vue de la réalisation de la plus grande récolte de canne à sucre de tous les temps, dix millions de tonnes, qui stupéfierait le monde et glorifierait les Cubains comme leur Commandant. A la faculté de médecine, les étudiants avaient été répartis en brigades. Anna était envoyée à Holguin. Cette nouvelle l'avait à peine émue : puisque tout la séparait de Diego, il fallait s'incliner.

De la rue, derrière la barrière du jardin, montaient quelques accords de guitare. En pyjama de coton, la jeune fille lisait vaguement un cours d'anatomie. « Dans quelques heures, pensait-elle, le langoustier emportera Teresita et sa famille. » Venant du rez-de-chaussée, la voix criarde de Carlotta mettait ses nerfs à vif. « Tu viendras », avait affirmé Teresa. C'était impossible. Comment pourrait-elle boucler un baluchon et quitter cette maison, La Havane, Cuba ? Et Diego ? En un éclair, elle l'entrevit dans les bras d'une femme russe. Il ne fallait pas prendre la décision de rester en fonction de ce garçon mais en raison de ses convictions propres. D'ailleurs, que deviendrait-elle aux Etats-Unis ? Elle se rendrait à Philadelphie, se trouverait en face d'un père oublié, de sa nouvelle épouse, d'enfants peut-être qu'elle ne voulait pas même imaginer. Cet avenir ne la tentait pas. « Bonne chance, Teresita », murmura-t-elle. Malgré la brise fraîche venant de la mer, Anna transpirait. D'un geste nerveux, elle déboutonna la veste de pyjama, découvrant une poitrine menue, très blanche. Au-dessus de sa table de travail était accroché le miroir de Pamela encadré d'acajou. Anna s'y contempla, fixant ce corps auquel elle refusait le moindre plaisir. Du bout des doigts, elle caressa doucement les petites aréoles roses. Tandis que tout autour les gens s'amusaient, buvaient, faisaient l'amour, elle était isolée, recluse dans la maison de son enfance. Qu'est-ce qui l'empêchait de jouir de la vie à Cuba ou de s'embarquer pour les Etats-Unis ? Elle referma le pyjama. Elle allait prendre un somnifère, ne plus penser à ces questions qui la blessaient, ne plus penser à rien.

Soudain le téléphone sonna.

— C'est Antonio Perez, Anna. La troupe est bien arrivée à Moscou. Le metteur en scène a pu joindre le directeur du Théâtre National.

— Diego ?

— Rien de précis mais pas de nouvelles, bonnes nouvelles, n'est-ce pas ? Et puisque je t'ai au bout du fil, pourrais-tu passer me voir un jour prochain ? Je me sens toujours fatigué et n'ai pas envie d'aller à l'hôpital. J'habite rue de Compostelle, juste en bas de l'église Santo Angel Custodio, la première maison à droite, deuxième étage.

Curieusement, le lendemain matin, Anna éprouva

en s'éveillant une impression de grand bien-être. Avec les siens, Teresita voguait vers le nord, vers ce qu'elle croyait être le bonheur. Pour l'une comme pour l'autre, les choix étaient faits. Maintenant, elle allait conserver les souvenirs joyeux de leur amitié, les enfermer en elle avec les autres, ceux de sa petite enfance, de la Pointe aux Tortues et de ses errances dans le domaine en ruine, le visage de Diego, les moments qu'ils avaient partagés.

Le lundi matin, Anna se précipita sur le journal. Aucun compte rendu d'arrestation en mer n'y figurait, pas plus que la mention d'une intervention de la police dans le port de La Havane. Elle passa devant la maison de Teresa. Les volets étaient ouverts mais les fenêtres closes. Sur le plancher du porche, sans doute déplacé d'un rocking-chair par le vent ou jeté à terre par un chat errant, un coussin gisait. Dans le jardin, les oléandres offraient l'éclosion de leurs fleurs roses et blanches mais les massifs de pensées déjà se fanaient. Elle ne pouvait s'attarder, des voisins observaient sans doute la rue. Aussitôt la fuite de la famille connue, on pourrait la soupçonner de complicité, la questionner. Une fois dans les mains de la police politique, nul n'était plus maître de son destin. Elle ne croyait pas que la torture subsistât, le peuple en avait trop souffert du temps de Batista pour y avoir recours, mais les récits de Diego sur les centres de détention dans l'île des Pins la troublaient. Les conditions de vie des homosexuels et des témoins de Jéhovah qui formaient la majorité des déportés y étaient atroces, prétendait-il. Comment Castro pouvait-il le tolérer, lui qui dénonçait âprement toute forme d'impérialisme ? Il ne pouvait avoir deux paroles, c'était impossible. Alors, était-ce Diego qui mentait ?

# 17

— Tu as une tension trop basse et cette perte de poids m'inquiète. Il faut te faire faire une prise de sang, Antonio.

Pensivement, le jeune homme rabattit la manche de sa chemise.

— Si je mets les pieds à l'hôpital, je n'en sortirai plus !

Anna se garda de faire le moindre commentaire. Malgré son manque d'expérience, elle avait la certitude que la maladie était grave. Rageusement Antonio se leva, empoigna une bouteille de rhum.

— J'en ai plein le dos. Tu te rends compte que je devais prendre en mars le rôle d'Eugène Onéguine dans une adaptation de l'œuvre de Pouchkine ?

— Fais-toi soigner sans attendre. Je peux prendre un rendez-vous et t'accompagner, si tu veux.

Il ne fallait pas perdre de temps. Encore quelques semaines et Antonio risquait d'être trop faible pour se déplacer. Elle-même serait partie couper la canne avec sa brigade.

— Je vais réfléchir, grommela le jeune comédien.

Il se versa une rasade de rhum qu'il avala d'un trait. Anna avait de la peine. Tout était si sale et triste dans cette chambre ! Un vieux ragoût de pommes de terre se figeait dans une casserole, la vaisselle n'avait pas été nettoyée depuis des jours, des journaux, des livres, des scripts de théâtre jonchaient la moquette usée.

— Il faut que je parte, Antonio, mais demain je viendrai mettre un peu d'ordre chez toi. Cela t'aidera à te sentir mieux.

Le jeune homme semblait indifférent à ses propos. Tourné vers la fenêtre, il contemplait le ciel.

— Ma vie n'a été que des mots. Enfant, je vivais pour eux, ils construisaient mon univers. Parler, c'était exister. Plus tard, ils m'ont servi à réinventer mes paysages, à promettre et à mentir. Ils m'emportaient dans leur respiration, s'ouvraient et se fermaient comme des fleurs. Je voulais vivre par eux. Ils avaient le pouvoir de transformer l'instant, me faisaient devenir prince ou voleur, sage ou fou. J'aimais leur plainte et leur chant, il n'y en avait pas un seul que je ne trouvais beau. Les saisons ont passé. Sur la scène, j'ai vécu ma vie, j'étais suspendu dans l'espace. Et aujourd'hui, voilà qu'ils m'échappent, je les cherche, ils sont difficiles, capricieux, infidèles.

Brusquement, Antonio se retourna. Anna aperçut des larmes dans ses yeux.

— Ils te feront survivre, murmura-t-elle.

— Je vois mon corps amaigri, rétréci, il partira sans laisser de traces. Anna, je n'ai pas vécu, je n'ai été qu'une illusion.

Là où s'interrompait le faîte des arbres, on pouvait apercevoir un peu de ciel limpide.

— Tu as des amis, ils ne t'abandonneront pas.

— A ce propos, sais-tu que Diego est rentré la nuit dernière à La Havane ?

Anna n'aurait pu dire quelle ruelle elle avait empruntée ou combien de temps elle avait mis pour arriver chez Diego. Aucune pensée précise n'occupait son esprit si ce n'était la question lancinante : « Sera-t-il heureux de me revoir ? » Quand elle fut au pied de la maison, elle s'arrêta un instant pour calmer les battements de son cœur. Pourtant, elle n'hésitait pas, n'envisageait pas une seconde de faire demi-tour. Il avait plu dans la nuit. La matinée était chaude.

Anna leva les yeux. Les rideaux de la chambre étaient tirés. Dormait-il ou Antonio s'était-il moqué d'elle ? Aucun signe de la présence de Diego, pas même la vieille voiture garée le long du trottoir.

Tout à coup, la jeune fille aperçut la cage. Si la perruche était devant la fenêtre, Diego était bien de retour. Elle gravit le petit escalier extérieur qui menait directement à la chambre. Assis sur ces marches de bois, ils avaient passé de longs moments à discuter, proches par l'esprit mais contraints l'un en face de l'autre. C'était elle qui imposait cette réserve par ignorance, par peur, par manque de confiance aussi. Aujourd'hui, elle était différente, elle avait lutté contre elle-même pour se meurtrir et avait perdu son combat.

Tout était silencieux. Elle poussa la porte que Diego ne fermait jamais à clef, s'approcha du lit. Couché sur le ventre, la tête à demi enfouie sous l'oreiller, le jeune homme dormait. Elle voyait ses bras nus, une jambe qui émergeait du drap, les cheveux noirs embroussaillés. Son regard ne pouvait se détacher de lui.

— Quand es-tu revenu ? interrogea-t-elle à mi-voix.

Il tressaillit, tourna la tête soudain et se redressa.

— Je rêve !

Appuyé sur un coude, Diego contempla sa visiteuse un moment qui lui parut infini. Enfin il sourit, ouvrit les bras.

— Je ne rêve pas.

Anna laissa les bras de Diego se refermer sur elle. Il l'embrassait doucement derrière l'oreille, dans le cou. La jeune fille fermait fort les yeux, elle avait l'impression de sauter par-dessus le mur qui l'enfermait, de courir en pleine lumière, enfin libre. Hésitantes, craintives, ses mains essayaient des caresses. Diego avait déboutonné sa chemise, dégrafé le soutien-gorge. Il effleurait ses seins, son dos, et plus bas encore la courbe des fesses sous le mince slip de coton.

— Déshabille-toi, murmura-t-il.

Avec des gestes maladroits, elle ôta chemisier, jupe, sous-vêtements et les jeta à terre. Elle avait un peu peur de son propre corps nu, de celui de Diego couché sur le sien. Peut-être la ferait-il souffrir, toutes ses amies lui avaient confié qu'elles avaient haï leur dépucelage. Il la tenait fort, elle s'accrocha à lui. Elle aurait voulu que les rôles soient inversés, entrer en Diego, le posséder et se débarrasser d'elle-même.

— Tu es vierge, n'est-ce pas ? interrogea-t-il doucement.

Elle resta silencieuse.

— M'aimes-tu ?

Elle se serra plus fort encore contre lui.

— Alors, tout se passera bien.

Mais une sorte d'angoisse hantait Anna, celle de passer à côté de l'amour. Si les liens qui l'attachaient à Diego se brisaient, elle partirait à la dérive.

Faisant naître une douceur énervante, il parcourait sa peau de petits baisers rapides. Il semblait à la jeune femme qu'elle ne s'appartenait plus, qu'elle était tout entière le bien de cet homme dont le corps pesait légèrement sur le sien. Au plus profond d'elle-même, elle le désirait, souhaitait qu'il la pénétrât en dépit de la douleur et du sang.

— Parle-moi, murmura-t-il.

Une sorte de torpeur engourdissait le corps d'Anna. La douleur était partie, il ne restait en elle qu'une paix infinie, une tendresse émerveillée. Avec des gestes appliqués, légers, elle caressa le beau visage de son amant.

En cet instant, les cours manqués à la faculté, les espérances ou les échecs de Cuba lui étaient indifférents. Le monde semblait un rêve, rien n'existait plus que le mouvement de vie qui la poussait vers Diego. Il la reprit dans ses bras. Anna sentait sa virilité contre son ventre, elle avait envie de se souder à lui afin que jamais plus il ne la quittât et, lorsque à nouveau il la pénétra, elle poussa un faible cri, comme un enfant qui vient au monde.

Torse nu, Diego préparait du café. Anna contemplait la peau brune, les muscles fins qui, à peine, saillaient sur la poitrine et les bras. Son amant n'était pas plus grand qu'elle, mais une telle vitalité émanait de lui ! Tandis qu'il sortait deux tasses, un pot de sucre, elle promena ses yeux alentour. La peinture s'écaillait sur les murs, la moquette était élimée mais la présence de plantes vertes, de livres, de photos reflétaient la personnalité fantaisiste de leur propriétaire. Diego tendit une tasse qu'elle posa sur la table pour jeter les bras autour de son cou.

— Je dois être au théâtre à onze heures. Viens avec moi, ensuite tu iras chercher tes affaires. Je veux que tu t'installes ici aujourd'hui même. Dieu merci, tu es seule, tu n'as rien à demander à personne.

Aucun doute n'effleura Anna. Quitter la maison de son enfance ne serait pas facile mais elle était prête à tout pour ne pas revenir en arrière.

Le théâtre était désert lorsque les jeunes gens y pénétrèrent. Sombre, immense, la salle semblait presque hostile.

— Voilà donc ta deuxième résidence, murmura Anna.

Elle gardait sa main dans celle de son amant, incapable de se détacher de lui, si lasse qu'elle avait du mal à se tenir debout.

— Aucune peine n'a été assez grande pour résister au bonheur d'être sur scène. Regarde. (Le doigt de Diego désigna les balcons, l'orchestre, s'arrêta sur le rideau.) L'homme est là sous mille formes différentes : le jaloux, l'ambitieux, l'amoureux, le pleutre, l'hypocrite, l'avare, le fanfaron.

A pas vifs, Diego remonta l'allée centrale, emprunta le petit escalier qui menait à la scène. Et soudain la lumière jaillit, soulignant la mince silhouette du jeune comédien, illuminant son visage. Du fauteuil où elle s'était assise, Anna le regardait intensément. Les émotions qui l'avaient bouleversée depuis le matin lui laissaient une grande exaltation. Elle aurait voulu, elle aussi, monter sur cette scène pour exprimer ce qu'elle éprouvait, se l'expliquer à elle-même en le déclamant aux autres.

Diego faisait semblant de se draper dans une vaste cape, d'ajuster un chapeau, arrangeait une chaîne autour de son cou, se mettait à l'aise dans ses bottes. D'un geste vif, il poussait une porte, pénétrait dans une chambre et soudain l'émerveillement se lisait sur son visage, celui que donne une vision longtemps espérée. Il fit face à Anna, ôta son chapeau imaginaire, s'agenouilla.

— « Isabella de mon âme, depuis l'instant que je t'aimai, ce fut avec un autre amour que celui qui trouve sa fin dans l'accomplissement d'un appétit sexuel. Certes, ta beauté corporelle captiva mes sens mais surtout tes vertus infinies m'emprisonnèrent l'âme. Par la foi catholique que m'enseignaient mes très chrétiens parents, je te promets, Isabella, la moitié de mon âme, d'être ton époux et je le suis dès à présent si tu veux m'élever à la dignité de t'appartenir. » *L'Espagnole anglaise* de Cervantès, à toi, ma Cubaine américaine.

Anna restait pétrifiée, la voix élégante, le zézaiement castillan étaient ceux de Juan Manuel. Elle fixa le visage de son amant, ses traits se confondirent avec ceux du maître de la Pointe aux Tortues, comme si ces deux êtres soudain ne faisaient qu'un.

Silencieusement, Diego l'avait rejointe.

— Je viens de te demander en mariage.

## 18

Les jeunes gens quittèrent l'hôpital où Antonio demeurait dans un coma profond. Au-dessus de la mer, les nuages se dissipaient, laissant un crépuscule mauve s'étirer à l'horizon.

— Tout ce qu'il espérerait, prononça sourdement Diego, c'est qu'on le laisse en paix. Je ne veux pas qu'on le maintienne en vie au moyen de toutes ces horreurs.

Anna n'osa lui ôter ses espoirs. Lors de ses stages à l'hôpital, elle avait vu tant de malheureux, des ouvriers, des coupeurs de canne à bout de forces, maintenus en cette affreuse survie artificielle que seuls les riches enduraient autrefois. Son seul souhait était qu'Antonio puisse se sauver, mourir vite avant qu'on ne mette la main sur lui.

Depuis une semaine, elle habitait chez Diego mais n'avait pu se résoudre à céder sa chambre. La maison de famille restait pour elle un ultime refuge.

— Comment es-tu devenu comédien ? demanda-t-elle.

— A l'école, je remportais tous les premiers prix de poésie. Maman était si fière de moi ! Elle s'est saignée pour m'envoyer à La Havane suivre des cours d'art dramatique. Mes parents ne sont pas riches, tu sais. Ce sont de petits-bourgeois de province très catholiques.

— Crois-tu en Dieu ?

— Oui.

— La religion ne représente rien pour moi.

Elle avait parlé très doucement.

— Rentrons, ajouta-t-elle aussitôt. Je n'ai pas envie de dîner dehors ce soir.

La maison était silencieuse. Les autres locataires, deux serveurs de restaurant, revenaient tard dans la nuit. Avant de monter dîner, ils s'installèrent sous la véranda pour prendre un verre, fumer une cigarette.

— Antonio était un passionné, murmura Diego. Il a toujours voulu donner une autre dimension à ses personnages, celle de la folie peut-être, non pas l'insanité mentale mais ce qui échappe au contrôle de la raison. Il a réalisé ce qui l'animait si fort.

Dans les buissons tout autour de la maison bruissaient une multitude d'insectes. Derrière la palissade qui séparait le jardinet de la rue, les branches d'un sapotillier s'enfonçaient dans l'obscurité comme des racines géantes.

Diego posa son verre, prit Anna par les épaules.

— Ta virginité m'attendrit mais il faut que tu ouvres les yeux un peu autour de toi maintenant. Tu as été trop préservée, trop à l'abri des réalités de la vie.

— Je ne le pense pas.

La voix tremblait. Toute son enfance, son adolescence n'avaient été que luttes pour survivre. Elle se leva, fit quelques pas hors de la véranda. L'angoisse revenait qui lui serrait la gorge.

— Je n'ai pas voulu te blesser. Proteste ! Ne sois pas ainsi douce et soumise.

Elle ne répondit pas.

— Doutes-tu que je t'aime ? Je veux t'épouser. Dans quelque temps, nous irons voir mes parents à San Luis. Tu emporteras dans tes bagages une robe blanche et nous nous ferons bénir à l'église. Il reste un prêtre là-bas, un vieil entêté que le Commandante n'a pu faire décamper. C'est lui qui m'a baptisé et fait faire ma première communion.

— Accepter un mariage religieux serait hypocrite de ma part. Toute forme de mysticisme m'est étrangère.

— Excepté ta dévotion pour *el Lider* et sa révolution !

Anna chercha à se détourner mais Diego l'en empêcha.

— Qu'est-ce qui vient de toi dans ce culte et qu'est-ce qui vient de la propagande dont nous sommes tous martelés ?

— Et la religion, Diego, comment a-t-elle été instillée en toi ? Par tes parents, ce curé ? Nous sommes tous ce que l'on a fait de nous. La vie, l'avenir sont plus importants que ces vieilles choses du passé.

— Tes rêves dépendent d'un homme plein de contradictions, les miens prennent racine dans un mystère.

L'intonation était sans aménité. Ce fut Anna qui l'embrassa la première.

Anna, Diego, une dizaine de comédiens et une vieille femme accompagnaient Antonio au crématorium. Le jeune homme avait émis le souhait d'un lâcher de colombes puis désirait que l'on jetât ses cendres au-dessus de la mer.

Un sentier ombragé de ficus et de manguiers menait à la bâtisse qu'une haie d'hibiscus semblait entourer de flammes.

Le directeur du théâtre, un gros homme à la barbe noire striée de gris, prononça un pompeux discours louant le talent d'Antonio Perez del Rio, exaltant la foi du peuple cubain en ses artistes. Les temps étaient révolus où les yankees imposaient leur culture. Désormais, grâce au Commandant et à l'exemple qu'il donnait, chaque Cubain était devenu un créateur.

Tandis qu'il parlait, Anna remarqua l'attitude empruntée de Diego. Elle redoutait une remarque, un sourire que le gros homme pourrait interpréter comme une critique.

Toujours elle avait voulu ignorer les arrestations arbitraires mais aujourd'hui, ce danger potentiel lui nouait la gorge. Alors que la cérémonie semblait achevée, Diego soudain avança d'un pas et quoique chacun gardât un air avenant, le cœur d'Anna s'emballa.

« Ne t'imagine pas, Antonio, que nous te disons adieu aujourd'hui mais simplement au revoir. Tu as été un comédien, un être multiple et changeant, une lumière qui de lampe en lampe a diffusé la même clarté. La nuit peut tomber, toujours une aube nouvelle la chassera, à Cuba comme ailleurs. »

Violemment les doigts d'Anna se crispèrent sur l'anse du sac. Le sourire bienveillant de Gustavo Bastia, directeur du théâtre de La Havane, s'était évanoui.

« Avec ta disparition à vingt-cinq ans, les rumeurs malveillantes qui ont couru sur toi sont mortes elles aussi. Tu es pur aujourd'hui mais ceux qui les ont propagées en garderont l'âme souillée. A leur place, je te demande pardon. »

Diego se tut, recula de quelques pas pour se fondre à nouveau dans le petit groupe.

Gustavo Bastia hésitait à répondre. Finalement, il ajusta son chapeau, tira les manches de sa veste de toile beige et passa devant Diego sans un regard.

— Tu es fou ! reprocha Anna aussitôt qu'ils se retrouvèrent seuls. Que cherches-tu réellement ? Des ennuis ? Souhaites-tu que l'on nous sépare ?

— Il fallait que je le dise.

Devant un terrain de base-ball où s'entraînaient des enfants, un banc de ciment s'abritait sous un jacaranda. Les jeunes gens s'y installèrent. Au moindre souffle de vent passaient, venant d'un marché en plein air, d'âcres relents de poisson et de fruits pourris.

— Antonio a vécu les dernières années de sa vie miné par la terreur d'être dénoncé.

Anna baissa la tête.

— Il était homosexuel ?

— *Marica*. Bon pour la déportation. Je ne peux accepter un régime qui s'attaque aux minorités en se disant populaire. Il n'y a aucun respect ici, aucune tolérance pour les marginaux. Tu dois être dans la masse ou ne pas être.

— C'est peut-être une phase transitoire et nécessaire. Il y a bien eu l'Inquisition en Espagne.

— Mais qui se réfère à l'Inquisition de nos jours, qui la justifie ? Surtout pas les peuples de gauche. Quelle hypocrisie ! Et les intellectuels du monde entier applaudissent à tout rompre ce qu'ils ne tolèrent pas une seconde dans leur propre pays. Quand Norman Mailer ou Sartre visitent Cuba, ils s'émerveillent, ne posent pas une question sur la liberté de la presse, ne semblent pas le moins du monde s'intéresser aux droits de l'homme. Tout cela est transparent, inexistant soudain.

— Je ne défends pas la déportation des homosexuels, Diego, mais le Commandant veut établir des règles morales solides dans ce pays. Nous avons eu tant de dépravations du temps de Batista. La mafia, les gangsters avaient établi une base de leur quartier général à La Havane, la prostitution...

— Et les témoins de Jéhovah, ces inoffensifs rêveurs ? Pourquoi les persécuter ? Et pourquoi pas les santeros[1] ? On n'y touche pas à ceux-là parce que Castro en a peur.

L'angoisse soudain serra le ventre d'Anna, elle revoyait le visage flétri de mama Maria, le sang du poulet sur ses vêtements blancs. Depuis ce moment, la fatalité d'obéir, de rentrer dans le rang avait pesé sur elle. Une tempête d'images, de souvenirs, de mots la secouait tout entière. Si elle pouvait s'en libérer, se dresser contre sa mère, son père, la santera, ses édu-

1. Adeptes du culte vaudou.

cateurs, leur crier : « Vous n'aviez pas le droit de me faire cela ! » Alors peut-être pourrait-elle recommencer une vie.

— Castro nous a libérés. Il n'est pas un saint mais nous croyons en lui, se borna-t-elle à répondre.

— Jésus et ses douze apôtres[1] ! Tu es plus religieuse que tu ne le crois, ma chérie.

Mais Anna semblait si désemparée que Diego l'embrassa tendrement dans le cou.

— Sais-tu ce qu'Antonio nous a légué à toi et à moi ? La Bible et la traduction d'un livre français, *Mémoires d'Hadrien*. La religion et le culte d'Antinoüs. Que choisis-tu ?

## 19

Diego ayant refusé de se porter volontaire pour participer à la récolte historique de canne à sucre, Anna, le cœur serré, avait dû le quitter. Mais à la fin de la semaine, elle était déjà de retour.

— J'ai été congédiée, trop maladroite.

En fait, elle s'était déclarée malade. Depuis son enfance, elle coupait la canne et était devenue une experte mais l'absence de Diego lui était intolérable.

Lorsqu'elle poussa la porte, le jeune homme, couché sur son lit, relisait un rôle. Le ventilateur tournait au-dessus de lui, faisant frémir les feuilles du poivrier brésilien, balançant la cage de la perruche.

— Moi, je te trouve plutôt adroite, mais peut-être es-tu plus douée pour l'amour que pour la canne, plaisanta-t-il.

Il jeta le script, attrapa la main d'Anna, entourant son poignet comme une première caresse qui la fit frissonner puis il l'attira contre lui et elle fut dans ses

1. Au début de la révolution, le peuple cubain associait l'image de Fidel Castro et de ses compagnons avec celle de Jésus et de ses apôtres.

bras sous la fraîcheur mouvante du ventilateur. Diego caressait les seins menus sous le chemisier de coton rose à la coupe austère.

— Enlève-le, chuchota-t-il.

Sans le déboutonner, elle le fit passer au-dessus de sa tête.

— Ne me laisse plus jamais partir.

Elle était couchée sur lui, bouche contre bouche puis, glissant le long du corps mince de son amant, la jeune femme posa la joue sur son ventre, ferma les yeux.

— Si je n'avais plus que dix minutes à vivre, c'est exactement là que je voudrais les passer.

Le coup bref à la porte les fit sursauter. Ils avaient fait l'amour longuement et, dans un demi-sommeil paisible, reposaient l'un contre l'autre.

— J'y vais, décida Diego. Ce doit être un copain qui monte prendre un verre.

En vitesse, il enfila son pantalon, passa les doigts dans ses cheveux.

Derrière la porte se tenaient deux hommes en civil, l'un d'âge mûr et barbu, l'autre assez jeune, fort et rouge. Ils portaient le brassard de la Sécurité.

— Diego Morales ? interrogea le vieux. Et, sans attendre de réponse : Veuillez nous suivre, s'il vous plaît.

Stupéfait, le jeune homme restait accroché à la porte.

— Et pour quelle raison ?

— Veuillez nous suivre, répéta son interlocuteur.

Le regard en coin, son collègue louchait sur Anna qui enfilait maladroitement son chemisier.

— Ne faites pas d'histoire, continua-t-il. Vous ne tenez pas à ameuter le quartier, n'est-ce pas ?

Enfin la jeune fille se précipita vers Diego.

— Vous avez certainement un motif pour cette arrestation ?

— Il ne s'agit pas d'une arrestation, mademoiselle.

Le patron de la Sécurité désire un entretien avec le camarade Morales.

— Vous n'avez pas le droit de venir solliciter un entretien, comme vous le dites, dans un domicile privé sans avoir annoncé votre arrivée.

Le gros jeune homme éclata de rire.

— Nous sommes tous solidaires maintenant, n'est-ce pas ? Des camarades. Et qui peut empêcher des camarades d'avoir une discussion pour éclaircir à l'amiable un différend ? Préparez donc un petit dîner pour vous détendre les nerfs. Avec un peu de chance, votre copain sera de retour pour se mettre à table.

Brutalement, le vieux tira Diego dehors et referma la porte d'un coup de pied.

— A plusieurs reprises, camarade, on nous a rapporté des allusions quelque peu opaques venant de vous. Il ne s'agit pas de traquer les pensées de chaque particulier, nous sommes libres à Cuba, mais d'éviter que des malentendus se propagent. Vous êtes comédien, un métier prestigieux. L'Etat vous a donné beaucoup afin que vous parveniez à cette position enviable, l'Etat, c'est-à-dire nous, les Cubains. Nous avons donc quelques droits, n'est-ce pas ?

L'homme de la Sécurité se cala contre le dossier du fauteuil. Il avait des cernes sous les yeux, un regard indifférent.

— J'ai là un rapport vous concernant, continua-t-il du même ton neutre. Voici un an, à la Bodeguita del Medio, vous avez déclaré devant plusieurs personnes que le castrisme était un caudillisme démodé. Quelqu'un précise que vous aviez bu du rhum, et c'est peut-être une circonstance atténuante. Plus tard, juste avant votre départ pour l'URSS, un voyage offert par l'Etat cubain, vous avez accepté l'interview d'un journaliste mexicain, ami de Cuba. Vous lui avez déclaré, et il s'est bien gardé de le faire imprimer, que, si vous partiez en tournée, c'était pour ne pas laisser vos rôles à un autre comédien, tout en considérant les républiques soviétiques comme une prison étouffante. Vous avez même ajouté que le stalinisme était la seule possibilité qu'avait une minorité d'imposer la révolution à la majorité. Plus grave encore, à votre retour, lors d'un déjeuner avec votre ami Antonio Perez del Rio, vous auriez déclaré, une servante témoigne qu'elle vous a clairement entendu, définir le castrisme comme « une dictature avec culte de la personnalité, et adaptation des conditions locales au modèle soviétique » et vous avez précisé « tous les travers du tiers monde ».

Diego avala sa salive, il s'attendait depuis longtemps à ce genre d'interrogatoire et en plaisantait avec Antonio. Mais en cet instant, toute envie de rire l'avait quitté. Sans cesse son esprit revenait vers Anna. Même au prix des plus grandes lâchetés, il voulait la revoir, la prendre dans ses bras, l'embrasser, la mener à l'église pour l'épouser, lui faire des enfants, non pas finir sa vie au fond d'une prison où nul n'entendrait plus parler de lui. Un autre que lui aimerait Anna, la ferait rire, jouir et rêver. C'était impossible à imaginer.

— Camarade, s'ils ont beaucoup d'amis, les comédiens attirent aussi sur eux une jalousie, souvent proche de l'hostilité. Je ne nie pas avoir mon franc-parler mais notre *lider* a toujours encouragé ses concitoyens à s'exprimer librement. Est-ce vrai ?

— Evidemment. (Le ton de l'homme de la Sécurité était toujours parfaitement neutre.) Mais entre la franchise et la provocation gratuite, il y a une marge que vous avez franchie.

— Il n'a jamais été dans mes intentions d'employer des termes agressifs envers notre Commandant. On les aura interprétés à mauvais escient. Il y a les mots, camarade, et il y a le ton qui en change la signification. Etant comédien, je sais qu'on peut donner à la même phrase une multitude de sens. Le journaliste ou la servante que vous avez mentionnés m'ont mal compris. Si vous m'accusez, vous accusez aussi toute la jeunesse cubaine, sa spontanéité et la confiance qu'elle a dans son gouvernement.

L'homme jouait avec un crayon. Pas un instant son regard glacé n'avait quitté celui de Diego.

— Mais vous ne réfutez pas vos déclarations ?

— Je les réfute dans le sens que vous leur donnez.

— Camarade, je suis tout prêt à passer l'éponge mais je voudrais encore vous poser une ou deux questions. Il ne s'agira pas bien sûr d'autocritique comme le font nos amis soviétiques. Nous, Cubains, ne sommes pas partisans de ces méthodes qui avilissent. Mais je fais appel à cette franchise dont vous vous vantez, à votre conscience de citoyen. Faites-vous partie de mouvements contre-révolutionnaires ?

— Non, bien sûr !

Diego avait presque crié. Tout embrigadement lui faisait horreur, il n'avait jamais appartenu à aucun mouvement politique.

— En connaissez-vous ?

— Personnellement, non. Je suis comédien, camarade, j'occupe la plupart de mon temps à répéter mes rôles au théâtre. Vous pouvez vérifier mes horaires. Mes moments libres, je les passe avec ma fiancée.

— Je sais. Elle est nord-américaine de naissance mais nous n'avons rien à lui reprocher. Sa mère fut toujours une amie de Cuba.

Diego dissimula sa surprise.

— Vous faites bien votre métier, camarade.

L'homme se leva, posa les paumes des mains sur son bureau.

— Tous, nous faisons bien notre métier à Cuba. J'aime votre talent. On dit que vous allez interpréter *Splendeur et Mort de Joaquín Murieta*. J'admire beaucoup Neruda, j'irai vous applaudir. Dorénavant, camarade Morales, soyez prudent dans vos propos. Tout le monde ne possède pas votre amour du verbe, des belles déclamations qui impressionnent. Les gens simples réagissent simplement, pensez-y.

D'un trait, Diego but le verre de rhum qu'Anna lui tendait.

— La vie privée n'existe plus à Cuba. (Davantage

que la colère, le ton dénotait un mépris glacial...) Désormais, il faudra que je surveille chacune de mes attitudes, chacun de mes mots.

— Sois prudent, c'est tout. Personne ne te demande de trop en faire. Il faut jouer le jeu, Diego. Si tu ne causes aucun trouble, personne ne te cherchera querelle. La république cubaine est récente, il faut lui pardonner quelques péchés de jeunesse.

Anna avait l'impression de réciter un discours, mais comment soutenir Diego alors que sa sécurité était en cause ? Elle vivait à Cuba, elle défendait Cuba. Il lui semblait que son énergie était mieux employée à construire qu'à détruire. Mais, comme Teresa qui espérait toujours des lendemains meilleurs en Floride, Diego était un rêveur. Où était son amie en ce moment ? Avait-elle trouvé comme par magie une réponse à ses problèmes ?

— Bravo ! Je vois que tu es de leur côté. Eh bien, figure-toi que je conserverai ma liberté d'esprit. Tu ne m'embrigaderas jamais, mon amour.

— Je ne chercherai pas à le faire.

Le regard de Diego étincelait, Anna en fut à la fois inquiète et émue. Une telle fougue, une telle intransigeance se dégageaient de ce garçon !

— As-tu encore un peu de tendresse pour moi ? interrogea-t-elle d'une voix douce.

Il la prit dans ses bras, la serra contre lui.

Après le dîner, Anna partit à l'hôpital suivre ses cours. Sur le paseo de Marti, une foule hétéroclite faisait sa promenade digestive. De tout son cœur, la jeune femme aimait le peuple cubain, gardait confiance en son chef, en dépit de sa défaveur auprès de ceux qu'elle aimait. Les erreurs du régime, ses tâtonnements la consternaient, mais il fallait être optimiste, laisser une chance de succès à celui qui les avait tous enflammés. Diego devait se plier aux circonstances. Elle l'implorerait s'il le fallait pour sauvegarder son bonheur. « Mais s'ils s'en prennent à lui, pensa-t-elle, c'est de son côté que je me mettrai. » Elle avait vu partir son père, Mark, Juan Manuel, Teresita, elle ne laisserait personne la séparer de Diego. Dans un nuage pestilentiel, une vieille Cadillac rose fuchsia la dépassa. Tant bien que mal, les Cubains entretenaient les voitures américaines vieilles de plus de dix ans, trouvant à force de prodiges d'invention des solutions aux problèmes de leur grand âge. Que se passait-il à moins de cent cinquante kilomètres de l'autre côté du détroit de Floride ? La vie y était-elle vraiment meilleure qu'à Cuba ? Un autobus bondé passa à toute allure. Les gens rentraient chez eux. Anna s'appliqua à les observer. Dans leur regard, elle ne distinguait aucune trace de tristesse ni de peur.

## 20

Assise au premier rang de l'orchestre, Anna applaudit à tout rompre. C'était sa première sortie depuis qu'elle avait perdu le bébé, une fausse couche de trois mois. Diego l'avait beaucoup entourée, il fallait oublier. Bientôt, elle reprendrait son travail à l'hôpital. Diplômée, elle avait renoncé à une spécialisation trop longue. A tous les niveaux les salaires étaient identiques mais les temps libres différaient beaucoup. « Dans un an ou deux, avait promis le gynécologue, je vous aiderai à accoucher d'un bel enfant. Les fausses couches sont fréquentes lors d'une première grossesse mais vous êtes faite pour être mère. – J'aurai bientôt vingt-huit ans, avait plaisanté Anna, à Cuba certaines filles sont près d'être *abuelas*[1] à cet âge. »

Aussitôt qu'elle s'était découverte enceinte, la pensée de sa mère, de son père, de Mark ne l'avait plus quittée. Rescapée d'une famille naufragée, saurait-elle tenir la barre avec assez de fermeté et de tendresse pour que les siens échappent au désastre ? Sans doute était-ce cette profonde incertitude qui avait compro-

1. Grand-mères.

mis sa grossesse. Avec des blessures encore mal cicatrisées, il ne fallait pas anticiper. Teresa avait su tourner la page. Une année après sa fuite, une longue lettre de son amie lui était parvenue de Miami : tout allait bien. En tant qu'infirmière, elle avait tout de suite trouvé du travail dans un hôpital, son père avait réussi à se caser dans la petite entreprise de maçonnerie d'un copain. C'était comique de voir cet ancien banquier, un casque sur la tête, en train d'inspecter la carcasse d'un futur supermarché. Mais il aimait son nouveau travail et la liberté. « Viens, écrivait-elle pour conclure. Si tu as toujours ton Diego dans la peau, emmène-le avec toi ! » Dix-huit mois plus tard, elle avait reçu une autre lettre : « Je viens de me marier avec un type qui, figure-toi, vivait au coin de notre rue à La Havane. Jamais nous ne nous étions rencontrés. Je suis déjà enceinte. Dans quelques semaines, Luis et moi aurons notre propre maison, trois chambres, deux salles de bains à la périphérie de Coral Gable, un quartier résidentiel merveilleux. Notre rue est bordée de pelouses et de fleurs entretenues par des Haïtiens. J'ai l'impression de retrouver le Cuba d'autrefois. Ma fille, si j'ai une fille, s'appellera Anna. Tu viendras la voir, n'est-ce pas ? »

Enfin, le jour où Anna était rentrée chez elle, après trois jours passés à l'hôpital, une dernière lettre de son amie l'attendait : « J'ai un fils, Juanito, il pèse sept livres et ressemble à son papa. Nous avons bu le champagne à la santé de notre petit Américain. Voilà une première génération éclose en ce pays d'accueil. Mais Cuba nous manque à tous. Nous suivons les nouvelles à la radio. La communauté est très solidaire ici. Nous souhaitons tendre la main à ceux qui veulent nous rejoindre. Prends la mienne, Anita, je ne peux croire que tu sois encore une inconditionnelle du Commandant. Une chambre t'attend dans notre maison, du travail dans un hôpital. Viens, viens, viens ! »

Anna avait soigneusement replié la lettre écrite sur un beau papier crème bordé de beige. L'enveloppe, toute doublée, sentait la rose. A Cuba, ce genre de luxe avait depuis longtemps disparu. Tout était rare, parfois impossible à obtenir, même après des heures de queue. On ne mangeait plus de viande qu'une fois par semaine. Mais tous, sauf les Russes de plus en plus nombreux dans l'île, vivaient à la même enseigne. Il n'y avait aucun privilégié.

Le rideau se releva encore une fois. A droite, entre Don Alonso et Doña Iñes, Diego, vêtu de soie jaune et grise, s'inclina profondément puis, relevant la tête, adressa un clin d'œil à Anna. Il avait été un superbe Don Rodrigo, donnant au personnage de Lope de Vega une grâce violente et tendre. Pendant trois mois, il avait travaillé avec enthousiasme cette adaptation du *Chevalier d'Olmedo*, cent fois Anna avait entendu : « Mon espérance trouve un soutien près de ces grilles, Fernando. Parfois ses mains blanches viennent orner leurs barreaux. Là où de jour elle les pose, moi dans les nuits je repose mon cœur. Oui, plus Iñes m'accable de ses dédains et plus l'amour m'embrase. Sans trêve, je me brûle à sa neige. » Sur la scène, en costume, la déclaration surannée reprenait sa fraîcheur, une ferveur toute neuve.

Au terme de ces années de vie commune, ils formaient un couple désormais. Anna avait promis d'accepter le mariage après la naissance de leur premier enfant. L'année précédente, elle avait rencontré les parents de Diego, des bourgeois, très pieux et conservateurs. Aussitôt qu'ils l'avaient su enceinte, ils avaient expédié des images de Notre-Dame de Cobre pour la protéger et lui insuffler le désir d'une bénédiction religieuse. Sans nul doute, la fausse couche de cette jeune femme rebelle avait été la preuve éclatante de la réprobation divine.

Mais, si elle ne gardait pas de cette semaine passée à San Luis un souvenir mémorable, le voyage avec Diego dans la vieille De Soto avait été merveilleux. D'ouest en est, ils avaient traversé l'île sans se hâter, couchant dans des camps de jeunesse, des hôtels vétustes que seule une bonne volonté toujours souriante faisait fonctionner encore. Après Santa Clara, la route longeait des plantations de canne à perte de vue. C'était le début de la récolte. Des bataillons de jeunes gens, de vieux coupeurs au dos cassé, de femmes aux fichus multicolores s'activaient dans les champs. Ils avaient même pu échanger quelques mots avec des volontaires américains, tous enthousiasmés par la révolution.

— On vient d'un pays, avait confié Bill, un grand rouquin, où on nous a appris à nous traiter les uns les autres en ennemis. Ici, on travaille pour le peuple.

— D'où es-tu ? avait interrogé Anna.

— De San Diego. Pendant cinq années, j'ai travaillé pour les Peace Corps : Chili, Pérou, Guatemala.

Son espagnol était parfait et Anna s'abstint soigneusement de prononcer un seul mot d'anglais. Elle le parlait si mal maintenant !

Un autre membre de la brigade américaine, une fille, était une ancienne nonne. Le catholicisme à ses yeux devait être communiste ou ne pas être. Elle admirait les prêtres de gauche qui fomentaient les révolutions, se battaient, les armes à la main, afin de les faire triompher.

— Et que dites-vous des églises fermées à Cuba, de la religion interdite ? Des fêtes de Noël, de Pâques supprimées ? avait interrogé Diego.

La fille l'avait défié du regard.

— Les catholiques sont responsables de leurs maux à Cuba. Ceux qui se rendent à l'église y vont pour comploter contre le régime ou promettre une récompense aux saints s'ils les font arriver sains et saufs en Floride.

— Je vois que vous connaissez mieux Cuba que les Cubains, avait-il répliqué sèchement.

Anna en vitesse avait approché la voiture. Depuis longtemps son amant semblait avoir renoncé à ses invectives contre le Parti. S'il maugréait encore, c'était chez lui, sans autre témoin qu'elle-même et il lui arrivait maintenant de comprendre ses arguments, parfois de les approuver.

Les années 70 s'achevaient sans aucune amélioration dans la vie quotidienne des Cubains. Si les services de santé, de l'éducation restaient satisfaisants, les autres secteurs s'étiolaient, comme étouffés par la trop forte pression internationale qui pesait sur l'île. Pas une fois en huit années Anna n'était retournée à la Pointe aux Tortues. Dévoré par la nature, le temps, l'indifférence, le domaine probablement avait disparu. Mais, comme figée par un sort contre lequel aucune volonté humaine n'avait le moindre pouvoir, la vie s'y poursuivait, intacte et brillante, dans sa mémoire.

Après leur visite chez les parents de Diego, ils étaient partis en excursion dans la sierra Maestra. Un voyage de noces toujours remis. Anna avait été émerveillée : les pics, les gorges, les sentiers se faufilant entre les pins semblaient fusionner avec le ciel. Ils partaient tôt le matin de chez les paysans qui leur louaient une chambre, simple pièce au sol de terre battue mais dont la fenêtre donnait sur les sommets que l'aube et le crépuscule ombraient d'une lumière féerique.

Un matin, ils purent se procurer des chevaux, deux petites montures endurantes et nerveuses. Anna n'avait aucune notion d'équitation, elle s'était raidie, avait failli être désarçonnée dans la cour même de la ferme. Diego riait, jamais il n'avait eu l'air aussi heureux. Le pli dur fiché entre ses deux sourcils s'était atténué, il fumait moins.

Le sentier que les chevaux escaladaient à pas lents contournait des éboulis, passait de minces ruisseaux. Cramponnée aux brides de corde, Anna regardait la forêt qui courait sur le flanc des montagnes. C'était là que Fidel et ses amis avaient vécu traqués avant de partir à la conquête du pouvoir. Elle essayait d'imaginer le Commandant, jeune et pur encore, sûr que sa vision du monde servirait d'exemple à tous. Il n'imaginait pas alors que le pouvoir le changerait, l'isolerait, le rendrait arrogant et âpre à ne pas céder un pouce de ses prérogatives. Aujourd'hui, elle doutait parfois de lui. Il avait fait trop de promesses irréalisables. Mais, en dépit de ces restrictions, l'homme gardait encore de l'ascendant sur elle. Elle se souvenait des premiers temps de la révolution, du regard des pauvres, des Noirs, des oubliés à qui on rendait soudain une dignité. Et il lui venait par moments une grande fureur contre ceux qui sciemment cherchaient à briser leurs rêves.

Adossées les unes aux autres, quelques cabanes de forestiers semblaient à l'abandon. Sans doute leurs occupants étaient-ils allés couper la canne pour quelques pesos. Lorsque Diego était parti au trot, elle avait poussé un petit cri d'effroi, croyant qu'il allait dévaler la pente et s'écraser dans le ravin. Alors, il avait repris le pas, mis son cheval à côté du sien.

— As-tu peur que je te quitte ?

Tout en cheminant, ils s'étaient embrassés. Le soleil embrasait la vallée où par grappes les palmiers jaillissaient le long des chemins. Ils étaient rentrés fourbus à la ferme, avaient dîné de tamales et de riz dans des écuelles de fer-blanc. De la nuit, ils n'avaient dormi. C'était ce soir-là qu'elle avait accepté l'idée d'avoir un enfant, d'être mère comme Pamela, de porter ce fardeau.

— J'espère que tu n'es pas trop fatiguée, nous allons tous dîner à la Bodeguita.

Anna hésita. Elle était lasse, la tête lui tournait un peu.

— Peut-être devrais-je rentrer pour me reposer.

— Vraiment ? Tu pourrais rester avec nous un moment, je ne pense pas m'attarder.

Anna jeta un coup d'œil sur sa montre. Il était déjà dix heures trente. Si elle se joignait au groupe, elle ne pourrait se coucher avant une heure du matin.

— Je dois être à l'hôpital tôt demain.

— Fais-moi ce plaisir, viens.

Elle secoua la tête.

— Reste avec tes amis, vous serez mieux entre vous.

Diego lui prit la main, la porta à ses lèvres.

— Je serai à la maison aussi vite que possible. Dors, ne m'attends pas.

Le taxi longea un moment le Malecon et Anna contempla la surface moirée de l'océan. Une brise légère apportait des saveurs salines que la jeune femme respira avec bonheur. Il lui semblait que de cette nuit paisible, de la quiétude de la ville endormie venait un espoir comme un souffle de joie très doux. Elle se laissa aller contre la banquette de cuir dont les multiples déchirures étaient camouflées par de larges bandes collantes. Elle allait épouser Diego et fonderait une famille heureuse. Plus que le dévouement ou le travail, ce serait son cadeau au pays qui l'avait adoptée. Jamais plus elle ne serait une exilée, une étrangère, ni une petite Nord-Américaine qui, de toutes ses forces, voulait être reconnue et aimée.

En rentrant dans leur chambre, elle mit en route le ventilateur, prit un soda dans le réfrigérateur, ôta ses chaussures qui la blessaient. On ne trouvait plus à La Havane que des modèles fabriqués à l'Est dans des tailles extravagantes. Mais chacun en avait pris son parti et on riait de croiser dans les rues de petites femmes traînant des pieds démesurés, des géantes trottinant comme des Chinoises. La même hilarité avait salué l'arrivée de minuscules préservatifs chinois dont les Cubains s'étaient gaussés.

D'un geste machinal, Anna alluma le poste de télévision. Une femme à la mine sévère donnait une leçon de stérilisation : bouillir, c'est sauver. Elle éteignit. La télévision cubaine était trop doctrinale. Lorsqu'on échappait à un discours politique qui n'en finissait pas, c'était pour tomber sur des cours d'éducation populaire que l'absence de moyens rendait schématiques et rasants. Ne regardant que d'un œil, les gens préféraient écouter mambos, rumbas ou cha-cha à la radio. La joie de vivre et le sens de l'humour des Cubains prenaient toujours le dessus.

Après avoir tiré le store, Anna commença à se déshabiller. Dehors, on entendait le pas rythmé d'un marcheur passant devant la maison. *Le Chevalier d'Olmedo* avait attiré beaucoup de monde. On disait qu'un proche de Castro, un membre de sa famille, y assistait. C'était bien pour Diego.

Le soda était tiède. Sans doute y avait-il eu encore une coupure d'électricité. Anna n'en but qu'une gorgée. Il faisait très chaud. Juste avant de se coucher, elle ouvrirait le store pour laisser passer un peu de la brise nocturne.

Afin de profiter de la fraîcheur des draps, elle s'installa en biais dans le lit trop vaste pour elle seule. Il ne devait pas être loin de minuit. Dans moins d'une heure, Diego entrerait sur la pointe des pieds et elle ferait semblant de dormir jusqu'au moment où il se glisserait à côté d'elle. Alors, elle se blottirait contre lui.

## 21

La bouche sèche, Anna se redressa brusquement. Avait-elle dormi longtemps ? Il lui semblait que la nuit s'éclaircissait et Diego n'était toujours pas de retour ! Nerveusement, elle tendit le bras, saisit son bracelet-montre posé sur la table de nuit : quatre heures trente-cinq. Quelque chose d'anormal était en train de se passer. Le cœur battant, la jeune femme repoussa le drap, alla à la fenêtre. La rue était déserte, loin derrière la cime des arbres, les toits des maisons, l'horizon pâlissait déjà. Un coq chanta, un autre lui répondit. Un instant, la jeune femme resta prostrée, les yeux dans le vide, incapable de penser, puis vite elle se ressaisit. Elle allait courir jusqu'à la Bodeguita. Peut-être Diego y était-il encore, sinon on lui dirait où il s'était rendu.

Négligeant de se coiffer, elle passa machinalement une robe, mit une paire de sandales, enfila un cardigan de coton. A pied, il lui faudrait au moins vingt minutes pour arriver à la cathédrale ; mais elle n'avait pas le choix, la vieille De Soto avait rendu l'âme un mois auparavant.

Anna ramassa les clefs de la chambre, prit ses

papiers, un peu d'argent. Son cœur battait à grands coups douloureux qui résonnaient jusque dans sa tête. Un geste maladroit renversa le verre de soda qui se répandit sur le tapis.

Serrant contre elle le mince cardigan, la jeune femme remonta la ruelle. Dans la lumière de l'aube, le petit square où elle venait souvent avec Diego les soirs d'été paraissait sinistre. Un chat galeux détala sous ses pas.

Devant la Bodeguita dont les volets étaient baissés, une voiture était garée le long du trottoir, juste sous le panneau d'interdiction de stationner. A moitié rangée sous une porte cochère, une camionnette montrait un bout de capot. Pas un bruit, pas un mouvement. De longues traînées roses traversaient un ciel grisâtre. Anna resta un moment indécise. Que devait-elle tenter ? Frapper aux volets, appeler ? Et si des policiers venaient à passer, penseraient-ils qu'ils avaient affaire à une ivrognesse en plein tapage nocturne ? Pour comprimer sa nervosité, la jeune femme serra poings et mâchoires. Il fallait agir. Si Diego avait eu un accident, elle voulait savoir dans quel hôpital on l'avait emmené. Doucement d'abord, elle frappa puis ses coups se firent secs, rapprochés, de plus en plus insistants. Enfin, elle vit au premier étage un store se relever, une figure maussade apparaître.

— Que se passe-t-il ? interrogea l'homme sans aménité.

— Je cherche Diego Morales. Il a dîné ici avec les comédiens du Théâtre National.

L'homme semblait embarrassé. Un moment qui parut sans fin à Anna, il demeura à sa fenêtre, immobile et muet. Enfin, il lança :

— Ne bougez pas, j'arrive.

Hirsutes et curieuses, d'autres têtes apparaissaient. Une femme portant des bigoudis laissait apercevoir sous sa chemise de nuit une poitrine ronde et blanche. Vivement, elle administra une taloche à un garçonnet qui escaladait la balustrade pour mieux jouir du spectacle. Anna eut un vertige et dut s'adosser au mur. Le soleil se levait. De tous côtés les oiseaux piaillaient, un klaxon vigoureux retentit au carrefour.

— Ça va ? Voulez-vous vous asseoir ?

L'homme avait passé une veste sur son pyjama, chaussé des sandales de toile.

— Mon fiancé est venu dîner ici hier soir vers onze heures ou minuit. Il n'est pas rentré.

— Si vous vivez ensemble, on aurait dû vous prévenir. C'est bizarre.

— Me prévenir de quoi ?

Anna avait attrapé le bras de son interlocuteur. L'homme fut surpris par la force de cette mince jeune femme. Elle avait l'air sincère et sympathique, pourquoi se méfier ? Personne par ailleurs ne lui avait demandé le silence.

— Il a été arrêté.

— Mais pourquoi donc ?

La voix était presque hystérique, l'homme eut peur d'une crise de nerfs en pleine rue.

— Allons, dis-le à cette pauvre petite, cria la femme depuis le premier étage. Elle a le droit de savoir.

— Il a proféré des propos antirévolutionnaires. Mais il avait un peu trop bu, ce sera une circonstance atténuante. Voulez-vous un café ?

Anna se laissa entraîner à l'intérieur, s'assit mécaniquement sur une chaise de formica jaune. Qu'avait pu dire Diego et dans quelles circonstances ? Si elle avait été à son côté, rien ne serait arrivé. Elle joignit ses mains, les posa sur ses yeux. C'était un cauchemar.

— Voilà votre café.

Elle trempa ses lèvres dans le liquide fort et sucré. Il fallait agir vite, courir au commissariat de police. Avec un peu de chance, elle arriverait à temps pour éviter une incarcération. Comme la première fois, Diego en serait quitte pour une semonce. Autour d'elle se pressaient la femme aux bigoudis, un vieil homme édenté et le garçonnet qui écarquillait les yeux.

Anna se leva, posa la tasse à moitié pleine sur le coin d'une table.

— Je suppose que l'on n'emprisonne pas les jeunes

gens pour quelques paroles de trop, je vais à la police. A quelle heure l'a-t-on emmené ?

— Une heure trente. C'était au moment du café. La conversation était très animée mais je n'étais pas assez près pour en saisir le sujet. J'allais, je venais. Tout d'un coup, votre fiancé a porté un toast. Pas très loin de sa table, deux types ont tout de suite réagi, protestant avec véhémence. L'un est sorti, puis la police est arrivée. Le jeune homme ne s'est pas défendu, tout s'est passé très vite.

Anna fixait son interlocuteur, comme si elle cherchait dans chacune de ses paroles, et au-delà même des mots dans leur signification secrète, quelques arguments pouvant être utilisés en faveur de Diego.

— Merci, prononça-t-elle simplement.

Elle attrapa le cardigan qu'elle avait posé sur le dos de la chaise en formica, le mit sur ses épaules et sortit.

La journée allait être superbe. Suspendu à une balustrade, un gardénia en pot embaumait.

— Diego Morales n'est resté qu'une heure ici. Je ne peux rien vous dire.

— Mais où l'a-t-on emmené ?

— La police politique ne nous rend pas de comptes, mademoiselle.

— C'est vous qui l'avez prévenue pourtant !

Les mains à plat sur la table de bois où trônait une antique machine à écrire, l'homme contemplait ses ongles avec un extrême intérêt. Lorsque enfin il releva la tête, Anna perçut dans son regard une grande irritation.

— J'ai été patient avec vous, mais je vais devoir vous demander de sortir. Je suis de service depuis minuit, il est six heures trente et j'ai encore du travail à achever.

— Qu'a fait mon fiancé ? Où est-il ?

— Je n'ai pas à vous le communiquer. Retournez chez vous ou contactez la police politique, je m'en moque. Pour moi, l'affaire Diego Morales est close.

Anna était si fatiguée qu'elle avait l'impression de ne

plus avoir de corps ; ne restait plus vivante en elle que la volonté farouche de contraindre cet homme à répondre.

— Je ne sortirai pas d'ici sans que vous ne m'ayez dit au moins le motif de son arrestation.

Une fois encore, l'homme considéra ses mains.

— Je vous conseille de ne pas insister, mademoiselle, ou je pourrais, à vous aussi, poser quelques questions embarrassantes. Quand on partage la vie d'un réactionnaire, on peut fort bien sympathiser avec ses pensées.

Dans la rue, Anna hésita. Fallait-il rentrer chez elle ou se précipiter au quartier général de la Sécurité ? Il n'était pas sept heures, sans doute valait-il mieux attendre. Mais si Diego devait être emprisonné, attendre compromettrait peut-être son ultime chance. Et il n'avait qu'elle pour le secourir.

La froideur du décor du quartier de la police politique dans la Cinquième Avenue à Miramar, son dépouillement extrême impressionnèrent Anna. Sur le mur blanc trônait un grand portrait de Fidel Castro vu de profil, aucune autre ornementation. Un homme en tee-shirt classait des documents qu'une femme brune à lunettes enfermait dans de gros classeurs reliés de toile verte. Au plafond, un ventilateur vétuste tournait en cliquetant.

— Attendez un instant, conseilla la femme. Le camarade Miguel Blanco sera de retour sous peu, il est parti boire un café.

Anna resta debout. Le visage de Diego apparaissait sans cesse dans sa mémoire, il la regardait intensément sans pouvoir lui parler. Malgré son épuisement, elle devait réfléchir, établir une stratégie. On ne s'adressait pas aux hommes de la Sécurité comme à des collégiens. Sans doute s'était-elle montrée trop agressive envers le policier. Il fallait être moins directe, chercher à les amadouer.

Lorsque la femme brune lui toucha l'épaule, Anna sursauta violemment.

— Voici M. Blanco.

Miguel Blanco était un bel homme portant moustache et une courte barbe, sans doute en hommage aux héros de la sierra Maestra. Mais il était trop jeune pour avoir combattu. A bout de forces, Anna ne put contrôler ses nerfs. Ses yeux se remplirent de larmes.

— Asseyez-vous, la pria Blanco.

Anna déclina. Pour garder sa force, elle devait rester debout.

— Je suis la fiancée de Diego Morales.

— Vraiment ? (L'homme parut intéressé.) Alors, vous êtes le docteur Anna Lamberth ? Votre association avec ce garçon est étrange. On dit beaucoup de bien de vous à l'hôpital comme dans votre quartier. Votre passé est sans reproches. Pourquoi vous êtes-vous donc liée à quelqu'un d'aussi peu recommandable que Diego Morales ? L'amour, bien sûr !

L'œil complice horripila Anna. Elle fit un effort considérable pour esquisser un sourire.

— Ne parlons pas de ma vie privée, s'il vous plaît, mais des motifs qui vous autorisent à détenir mon fiancé.

— Il a tenu des propos antirévolutionnaires à la Bodeguita del Medio. Cet esclandre était l'aboutissement inacceptable d'un long processus de dénigrement du régime, d'attaques répétées contre notre *lider*.

— Diego venait d'accomplir une performance formidable sur la scène du Théâtre National. Il était fatigué et aura dépassé la mesure, certainement sans s'en rendre compte. Le patron du restaurant m'a révélé qu'il avait trop bu.

— Dommage, mademoiselle. Les artistes devraient donner l'exemple au peuple, non le démoraliser.

— Si je me porte garant de lui dans l'avenir, le laisserez-vous aller ?

A la surprise d'Anna, Miguel Blanco eut un large sourire et une bouffée de joie l'envahit.

— S'il m'arrivait des ennuis, j'aimerais avoir une avocate aussi charmante que vous, mademoiselle.

Le ton était enjoué, le regard sympathique. Anna pensa qu'elle avait gagné. La fatigue, le tremblement des mains se dissipaient.

— Mais j'ai des ordres.

Vêtu d'un pantalon kaki et d'une chemisette en nylon, un homme pénétra dans la pièce.

— Je vais recevoir la camarade Lamberth. Suivez-moi, mademoiselle.

La voix n'était ni chaleureuse ni hostile.

— Prenez un siège.

Dans la petite pièce sombre, il désigna un fauteuil de skaï. Anna s'y laissa tomber. Toute volonté de résister serait dérisoire.

Vide lorsqu'elle était arrivée à la police, la Cinquième Avenue était maintenant grouillante d'activité, les passants allaient et venaient, des bicyclettes, des voitures circulaient devant la fenêtre. Sur un balcon de l'immeuble d'en face, au coin de la Quatorzième Rue, une femme étendait du linge ; en dessous, un homme en panama lisait un journal.

— Diego Morales a été incarcéré ce matin à l'aube pour activités antirévolutionnaires. Les artistes, écrivains, poètes, comédiens qui dénigrent publiquement leur pays et son *lider* sont des ennemis. Il faut les éliminer. C'est une décision difficile à prendre mais une révolution, mademoiselle, est toujours douloureuse.

— Il y aura un procès, n'est-ce pas ?

La voix blanche, Anna essayait de sauver ce qui pouvait l'être encore. Ce n'était pas un homme qui était en face d'elle, mais un système aveugle et sourd. Plus question d'imposer mais de trouver une faille, même minuscule, afin de pouvoir s'y glisser.

— Pour les ennemis du peuple, la juridiction ne prévoit pas d'action en justice. Ils sont écartés le temps nécessaire à leur rééducation. Le peuple ne se venge pas mais cherche à récupérer le coupable, à lui donner une seconde chance. C'est là sa force et sa grandeur.

— Peut-il voir un avocat ?

— Nul besoin d'avocat, camarade. La cause de

Diego Morales n'en nécessite pas. Il y a des témoins, une longue liste de faits irréfutables. Nos convictions sont suffisantes pour le faire condamner.

— Alors, dites-moi au moins où il est. A La Cabaña ?

Sa voix tremblait si fort que l'homme eut du mal à comprendre. Enfin il se leva.

— Les prisonniers dangereux pour l'ordre public sont mis au secret. Mais vous pouvez écrire.

Comme s'il annonçait une bonne nouvelle, une décision indulgente prise par sympathie pour son interlocutrice, il avait enfin un regard humain.

## 22

Un mois durant, Anna frappa à toutes les portes, allant même jusqu'à écrire au vieil amant de sa mère, à Santiago de Cuba. Par retour, il répondit qu'étant donné la notoriété de Diego et les circonstances ayant accompagné le délit, son cas serait probablement examiné avec indulgence. Harceler la justice ou, pire encore, protester de l'innocence de ce jeune homme devant la presse serait néfaste. Tout en écrasant la feuille de papier dans la paume de sa main, Anna ne put s'empêcher de sourire. Parler à la presse ? Mais la presse de Cuba était tout entière soumise au gouvernement. La jeune femme jusqu'alors n'avait jamais été choquée par le manque de liberté d'expression, Cuba avait des problèmes autrement plus urgents à régler que ce luxe étranger à la masse populaire. Mais aujourd'hui, cette absence lui faisait cruellement défaut. Une longue visite à Gustavo Bastia, directeur du Théâtre National, se solda elle aussi par un échec. Certes, avait-il concédé, Diego était un comédien de grand talent, mais difficile, instable. Depuis son éloignement de la troupe, tout esprit de protestation avait disparu. Quoiqu'il déplorât la sévérité du châtiment, il était quand même soulagé. Oui, soulagé. Maintenant, il allait pouvoir développer chez ses comédiens des talents vraiment révolutionnaires.

Alors, au hasard, Anna posait des questions, tentait d'autres démarches. Elle écrivait chaque jour à Diego une lettre à laquelle elle ne recevait aucune réponse, évitait désormais de passer devant la forteresse de La Cabaña, à l'entrée du port. Mais sans nul doute, il avait déjà été transféré ailleurs. A l'île des Pins ?

A la fin du printemps, la jeune femme rassembla ses affaires et, sous le regard inamical des Garcia, réintégra sa chambre d'enfant avec la perruche Ophelia et les plantes vertes. Elle se rendait chaque jour à l'hôpital, accomplissait les gestes nécessaires sans aucune joie, rentrait chez elle pour manger et se coucher. Un soir, elle écrivit à Teresa : « Si Diego n'est pas de retour dans un an, je ne resterai pas à Cuba. » Vite, elle plia le papier, le glissa dans l'enveloppe, colla le timbre, courut à la boîte aux lettres afin de ne pas se reprendre. L'idée d'une fuite, d'un retour en Amérique était en elle désormais, imprécise mais impossible à extirper tout à fait. Teresa répondit : « Nous t'attendons avec impatience, Luis et moi. »

Au cours de l'été, Lourdes, une laborantine qui travaillait dans le même service qu'elle à l'hôpital, rejoignit Anna aux lavabos. Depuis l'arrestation de Diego, elle avait témoigné à la jeune femme une sympathie muette et constante, lui offrant le bonheur d'un geste amical, d'un sourire, parfois quelques fleurs cueillies dans son jardin, un morceau de gâteau ou un pot de gelée de goyave. Anna n'osait l'inviter. Sans doute surveillée, elle ne voulait nuire à personne, surtout pas à la petite Lourdes.

— Un journaliste français est arrivé à La Havane hier pour un reportage, chuchota-t-elle en faisant bruyamment couler l'eau du robinet. Il faut que tu le rencontres pour lui parler de Diego. L'opinion internationale est toujours choquée par les détentions politiques d'artistes et d'intellectuels. Elle peut faire pression sur notre gouvernement.

— Où est-il ? demanda Anna anxieusement.

— Au National. Mais nous devons trouver un endroit plus discret. Mon frère va lui faire passer une note. Je te tiendrai au courant.

Le jardinet de la calle Cuarteles embaumait les fragrances mêlées des jasmins et des chèvrefeuilles. Au fond de cette ruelle du vieux quartier, entièrement clos de murs, il donnait l'impression d'un coin de terre échappé au temps. Au centre, une fontaine de pierre ruisselait sur une vasque de mosaïque d'un vert très doux, un buisson d'oreilles d'éléphant masquait l'abri où Emilia Santos faisait sécher le linge. Le cousin de Lourdes, Paco Santos, avait travaillé au journal *El Mondo* avant la révolution. Son statut d'ancien journaliste contraint à devenir aide-boulanger avait piqué la curiosité du Français. Un rendez-vous était fixé à quatre heures, calle Cuarteles.

Depuis deux heures de l'après-midi, Anna attendait dans la plus grande anxiété. Toutes les précautions avaient été prises pour que cette rencontre semble anodine. Par chance, un diplomate-poète amateur français avait occupé la petite maison durant quelques mois au début du siècle. C'était un alibi valable.

Quatre heures étaient passées. Anna n'osait s'asseoir, ni aller vers la porte d'entrée. A côté de Lourdes, elle restait immobile, les jambes molles, un verre de sirop de canne glacé à la main auquel elle n'avait pas touché. L'inconnu qu'elle allait rencontrer représentait son ultime espoir de revoir Diego. Imaginer son amant au bagne ou maltraité dans une prison était une torture que le temps n'apaisait pas. Une peur atroce parfois la saisissait, celle qu'il fût mort sans qu'elle pût l'apprendre. La nuit, il lui arrivait de l'appeler, d'attendre fiévreusement un signe. Elle avait écrit à Castro lui-même, la lettre était restée sans réponse.

— Aussitôt de retour, j'agirai. Comptez sur moi. Nous sommes très concernés en Europe par la répression à Cuba.

Le journaliste prit congé. Avec attention il avait écouté l'histoire de Diego, pris quelques notes. Anna cependant était déçue. Elle avait imaginé une plus grande indignation, davantage d'enthousiasme. Mais il était resté imperturbable. Craignait-il un piège ? L'histoire qu'on venait de lui raconter était-elle une parmi des centaines portées à sa connaissance ? Peut-être n'avait-elle pas su trouver les bons mots, montrer assez d'émotion ou de détermination. Anna voulut tenter une dernière plaidoirie. La tête lui tournait, elle ne disposait que d'un instant.

— Ce pouvoir est tissé de mensonges. On vous racontera de belles histoires, n'en croyez pas un mot. On nous a toujours menti. Ecrivez-le. Fidel Castro ne fonctionne qu'au fait accompli. Mettez-le au pied du mur, donnez des preuves. Diego Morales en est une.

A peine eut-elle fini de parler, Anna comprit qu'elle venait de renier sa foi et toutes ses espérances.

Pressée par Lourdes et sa famille, la jeune femme accepta de fêter avec eux l'avènement de l'année 80. Quelques mois plus tôt, un article avait paru en France sur les incarcérations arbitraires d'intellectuels et d'artistes cubains. Mais le nom de Diego n'était pas cité. La communauté internationale n'éprouvait qu'une pitié lointaine pour les prisonniers de Castro.

Un matin de janvier, Anna apprit sa mutation dans un hôpital de Santa Clara. Elle la refusa. Le temps était loin où, évadée du camp d'été, elle avait voulu tenter d'y prendre un avion en partance pour les Etats-Unis ! Comme dans un conte de fées, mama Maria et ses sortilèges l'avaient ensorcelée, figée pendant plus de vingt années. Pourtant elle ne regrettait rien. Sa terre, son pays était Cuba, elle l'aimait de toutes ses forces.

Cette insubordination rendit très difficile sa vie à l'hôpital. La jeune femme eut la certitude qu'on l'espionnait. Elle évita soigneusement les confidences, se méfia même d'anodines conversations. Seule

Lourdes lui témoignait encore ouvertement de la sympathie. Le dimanche, elle écrivait à son amant de longues lettres qu'elle déchirait aussitôt ou rédigeait des pétitions qu'elle n'envoyait plus. Sans cesse, dans son imagination, elle voyait la lettre P[1] tracée à l'encre sur le dos de la veste de bagnard de Diego. Jamais elle ne se le représentait de face, son regard dans le sien.

Un dimanche de février, elle prit un car pour la Pointe aux Tortues. L'envie lui était venue dans la nuit, subite, irrépressible, de revoir le domaine de Juan Manuel avant... Avant quoi ? Elle refusait d'y penser trop mais, jour après jour, la réalité d'un départ se précisait dans son esprit, comme on fuit à la fin d'amours désagrégées.

En arrivant devant le portail, la jeune femme fut surprise de découvrir que l'allée de palmiers était bien entretenue. Les mauvaises herbes soigneusement arrachées, la terre ratissée laissaient le chemin net. Elle le remonta à pas lents, un peu inquiète. Soudain, la maison fut devant ses yeux, méconnaissable. Une partie de la toiture avait été colmatée par des pans de tôle ondulée d'où une cheminée en parpaings, bâtie à la va-vite, émergeait. Sous la galerie où étaient entassés meubles hors d'usage et objets hétéroclites, du linge séchait.

— Vous cherchez quelque chose ?

La voix qui l'interpellait n'avait rien d'aimable. Anna vit une femme assez forte qui se penchait par la fenêtre de ce qui avait été la bibliothèque.

— Je me promenais. Je suppose qu'il n'est pas interdit d'aller sur la plage.

La femme haussa les épaules.

— Il y a un autre accès par la route, mais maintenant que vous êtes là, passez. Seulement, faites attention au chien.

Anna se força à sourire.

1. Pour « Politique ».

— Excusez-moi, je ne savais pas cette maison occupée. Autrefois, elle était à l'abandon.

— Peut-être, mais l'usine à sucre nous a logés là : trois familles dans une bicoque délabrée. Que peut-on y faire ?

— Vous venez de La Havane ?

— Non, de Moron.

Anna mentit.

— J'y ai de la famille, les Montana.

— Je ne les connais pas, fit la femme, mais le ton avait perdu son hostilité.

— Vous vous plaisez ici ? Pourquoi ne pas retaper un peu cette jolie maison ?

— Vous trouvez ! Une vieille baraque, vous voulez dire. Les gens qui ont bâti ce genre de demeure étaient fous. On voit bien qu'ils se prenaient pour des rois.

— Vous savez à qui elle appartenait ?

Les deux femmes étaient toutes proches l'une de l'autre.

— A une de ces familles espagnoles venues autrefois s'approprier Cuba. On dit que le propriétaire a repassé la mer. Bon débarras !

Et, vigoureusement, elle secoua par la fenêtre un torchon chargé de poussière.

Anna marcha jusqu'à la plage. Etendant autour d'elle de hideux terrains vagues, des hangars en parpaings et des parkings pour machines agricoles, l'usine avait pris une ampleur considérable. Une bâtisse en béton s'élevait devant la mer, juste à l'endroit où la carriole de la cuisinière s'était arrêtée. Sur un terrain de jeux attenant, des enfants s'ébattaient sur de gros pneus de camion, des femmes bavardaient. Longtemps la jeune femme contempla ce désastre. Cependant, la vie avait fini par triompher à la Pointe aux Tortues. Une génération allait y grandir, s'y marier. Juan Manuel, qui n'avait connu que la solitude, la mort de ses parents et de sa femme, le retrait de ses espérances, aurait aimé cela. Un garçonnet lança un ballon qu'elle attrapa au vol.

Lorsqu'elle repassa devant la façade sud de la maison, la femme, de sa fenêtre, lui adressa un signe amical.

— Revenez, nous bavarderons.

— Bonne chance, cria Anna.

Tandis qu'elle s'éloignait, un vieil homme monté sur une mule lui donna le bonjour. L'air était chargé de la senteur douceâtre des acacias.

Anna venait de franchir l'ancien portail dont un pilier s'effondrait. Elle se retourna.

— La Pointe aux Tortues, je t'aime, cria-t-elle, les mains autour de la bouche. Puis elle avança droit devant elle sur la route.

## 23

Lorsque Anna franchit la grille de l'ambassade du Pérou, Castro venait de donner à ses troupes l'ordre de se retirer. Quatre jours durant, elle avait gardé des incertitudes trop fortes pour prendre une décision. S'exiler signifierait abandonner Diego. Mais ne lui serait-elle pas plus utile aux Etats-Unis ? Si à Cuba elle était contrainte au silence, à Miami elle pourrait témoigner, tenter de convaincre des artistes, des journalistes.

— Tu dois fuir, insistait Lourdes. Si tu restes, tu condamnes Diego à l'oubli.

La nuit précédant son départ, la jeune femme était restée allongée dans le hamac au milieu du jardin familial. Les Garcia étaient en vacances dans un club réservé aux fonctionnaires zélés. Allié à la douceur de la température, le silence insolite était délicieux.

Dans le ciel, la lune absente laissait les étoiles maîtresses de l'ombre. Sans cesse des images défilaient dans la mémoire d'Anna, celles d'une famille jadis unie partageant dans ce jardin le repas du soir, la photo de Juan Manuel adolescent à la Pointe aux Tortues, la frêle silhouette de Pamela malade, avec son regard désabusé, ses mains diaphanes qui traversaient le vide. Soudain, des souvenirs heureux de lycée avaient investi son esprit, la fierté d'avoir planté seule trente orangers. Tout au long des camps d'été, les baignades, les chants, les mambos dansés entre filles se succédaient à n'en plus finir. Un soir d'août, elle avait treize ans alors, le Commandant était venu féliciter les jeunes travailleurs de leurs efforts. Guevara l'accompagnait. Il avait proclamé que la jeunesse de Cuba faisait battre son cœur de fierté, qu'il aurait voulu leur dire à chacun en particulier combien il comptait sur lui, sur elle pour un avenir meilleur. Grâce à leur exemple, beaucoup de jeunes dans le monde allaient redresser la tête, reprendre espoir. « Soyez éduqués pour être libres ! » avait-il tonné. On l'avait applaudi à tout rompre. Puis Guevara avait distribué des médailles. Toutes les filles étaient amoureuses du bel Argentin. Au hasard, il avait embrassé une grande brune à lunettes qui, d'émotion, s'était mise à pleurer...

Les rires s'étaient tus dans la mémoire d'Anna. Elle revoyait la silhouette de Diego lors de leur première rencontre sur la route de la Pointe aux Tortues. Il ne l'avait pas beaucoup impressionnée ce jour-là, mais d'emblée une confiance réciproque s'était installée entre eux. Les yeux perdus dans la masse sombre de la végétation entourant le jardin, Anna se remémorait la chaleur de sa voix, une voix de comédien douce et profonde. « On dirait que tu cherches à te faire aimer. » Il ne lui avait pas fallu beaucoup de temps pour la comprendre. En réalité, son adolescence n'avait été qu'un combat permanent avec, en cas de victoire, la récompense escomptée d'une acceptation ou, mieux encore, d'une célébration par son groupe. Du jour où elle avait atteint ce but, elle avait compris l'inanité de ses ambitions. La liberté d'esprit de Diego, son courage, son absence de servilité représentaient une réussite autrement remarquable que la sienne, même s'il la payait un prix exorbitant.

La tête d'Anna tournait un peu. Etait-ce le lent balancement du hamac ? Diego était vivant, elle en était sûre. Il combattait là où il se trouvait pour la revoir. Où l'avait-on enfermé ? A l'île des Pins ? Dans une autre des innombrables prisons disséminées à travers l'île, où croupissaient les prisonniers politiques ? Le secret était la pire des tortures que le gouvernement infligeait aux familles, le meilleur moyen de briser leur moral. Mais jamais elle ne baisserait les bras. Si à Cuba on la bâillonnait, on l'écouterait aux Etats-Unis. Il fallait fuir. Fébrilement elle avait regagné sa chambre, cherché dans les vieilles boîtes de Pamela son ancien passeport américain. Il n'y était pas, pas plus qu'il ne se trouvait dans le tiroir du bureau, derrière les livres de la petite bibliothèque. Sa mère l'avait-elle détruit ? Le cœur battant, Anna avait ouvert tous les tiroirs de la commode, jeté par terre leur contenu. Déjà, elle avait tout trié, tout rangé, mais peut-être s'était-il coincé entre deux documents, au milieu d'une pile de papiers ? Jusqu'au bout Pamela avait joué avec la vie de sa fille, comme on manipule une marionnette. Mais elle ne l'empêcherait pas de partir, elle ne ruinerait pas une fois encore son existence. Vivement, elle avait fourré dans son sac sa carte d'identité cubaine, son permis de conduire, rassemblé tout l'argent liquide qu'elle conservait chez elle, une photo de Diego prise au volant de la De Soto, une autre en Hamlet au regard farouche, prêt à se battre. Alors elle se sentit lasse et triste. L'aube allait bientôt paraître, la vie à La Havane reprendrait son cours habituel, tandis qu'à l'ambassade du Pérou les réfugiés donneraient un jour de plus à leur attente.

Brutalement, un homme tordit le bras d'Anna.

— Ver de terre ! Salope !

Le visage était déformé par la haine. De l'intérieur du jardin de l'ambassade, un jeune garçon se précipita pour repousser l'agresseur. Un coup de poing partit. Une femme hurla hystériquement. Libérée, Anna se jeta vers les grilles. Elle n'avait plus aucune idée cohérente désormais, seulement la volonté irréfléchie, absolue, de fuir, de disparaître. Derrière elle, un couple tirant un marmot de cinq ou six ans courait éperdument. Il n'y avait pourtant pas de soldats ni de miliciens en vue, rien que des groupes hostiles qui montraient le poing et lançaient des injures.

Une masse humaine se répandait sur les pelouses, dans les allées, jusque dans les branches des arbres et sur le toit de la résidence de l'ambassadeur. Portée par le vent chaud, une odeur forte d'excréments, de sueur humaine prenait à la gorge. Désespérément, la jeune femme chercha des yeux une place où s'installer.

— Par ici, déclara soudain à côté d'elle le jeune homme qui venait de la secourir.

Un peu de sang coulait de son nez. Il était pâle, avec un regard haineux.

— Ces types à l'affût sont tous des valets de Castro payés pour nous traîner dans la boue. C'est une bonne mitraillette qu'il faudrait pour nous débarrasser de cette vermine ! Venez, je vais vous dénicher un coin.

Suivant son guide, la jeune femme enjamba des corps allongés, se faufila entre des groupes compacts. Des enfants hurlaient, d'autres, abrutis par la chaleur et le manque de nourriture sommeillaient, blottis contre leurs parents.

— Mais combien y a-t-il de réfugiés ici ? s'exclama Anna. A la radio on parlait d'une centaine !

— Cinq à six mille peut-être, mais vous en verrez vite arriver d'autres. Depuis que les gardes ont été retirés, les mécontents vont rappliquer et, croyez-moi, il y en a un paquet. Ils préféreraient mourir plutôt que de retomber dans les pattes du caudillo de merde qui nous gouverne !

Anna ne répondit pas. Ceux qui traînaient Fidel dans la boue la mettaient mal à l'aise. Elle aurait souhaité plus d'objectivité, de dignité dans les critiques, mais c'était impossible sans doute. Il n'y avait pas de jugement équitable, Diego n'en avait bénéficié d'aucun, elle ne devait pas l'oublier.

Entre un buisson d'hibiscus et le tronc d'un papayer, le garçon désigna un pouce d'espace resté disponible.

— Ma résidence ; si vous voulez bien me faire l'honneur d'y loger.

Sur l'arbre géant dépouillé de toutes ses feuilles, des plaques entières d'écorce avaient été arrachées.

— Le magasin d'alimentation, plaisanta le jeune homme. On a pu au début attraper aussi quelques oiseaux, un chat, maintenant il n'y a plus âme qui vive pour approcher ce cimetière.

Il tendit la main.

— Je m'appelle Enrique Sanchez. Bienvenue dans l'antichambre de la liberté.

En fin de journée, portant des bassines d'eau où trempaient des louches en plastique, le personnel de l'ambassade se fraya un chemin entre les groupes. Les enfants buvaient d'abord, puis les vieux, les femmes, enfin les hommes adultes. Personne ne se plaignait ni ne présentait la moindre requête. « Nous attendons du riz, promit une matrone péruvienne. Il devrait être livré demain, l'ambassadeur remue ciel et terre pour vous secourir. »

Depuis le milieu de l'après-midi, Anna n'avait pas quitté sa place. Où aurait-elle pu aller ? D'autres réfugiés arrivaient encore et encore, bientôt un nouveau flot humain submergerait les corps déjà étendus, assommés de faim, de chaleur et d'angoisse.

A côté d'elle, un homme gardait l'oreille collée à son transistor, guettant des informations que tous alentour attendaient anxieusement. Mais la station de radio, depuis une heure, ne diffusait que sambas ou rengaines. Enrique allait et venait, parvenait à se faufiler entre les groupes. Il avait partagé avec Anna un morceau de pain qu'elle gardait soigneusement dans son sac. Adossée au tronc du papayer qui la meurtrissait, la jeune femme songea à sa mère. Jamais Pamela n'aurait quitté Cuba. Malgré les années passées en pays latins, elle avait gardé la rigueur puritaine qui lui faisait obligation d'assumer ses actes jusqu'au bout. Mais son opiniâtreté à affirmer, juste avant de mourir, qu'elle ne regrettait rien dévoilait l'amertume causée par une réalité si fortement contraire à son attente. Anna ferma les yeux. Ces hommes, ces femmes entassés comme des bestiaux, quels regrets avaient-ils, quelles espérances ? Un bras de mer à traverser pourrait-il transformer leur destin ?

La voix surexcitée d'Enrique la fit sursauter.

— Fidel viendrait parler en personne ! Il accepterait le départ immédiat d'une partie d'entre nous pour le Costa Rica. Cela vous tenterait ?

Anna secoua la tête.

— Et les Etats-Unis ?

— On parle de quotas : l'Espagne, le Venezuela, le Pérou auraient annoncé des chiffres. Les Etats-Unis également.

— La plupart d'entre nous n'avons ni passeport ni aucune autorisation de sortie. Nous sommes des pions dans un enjeu politique.

— Justement, nous faisons une très mauvaise publicité pour l'image du paradis socialiste de notre *lider,* il sera heureux de nous voir décamper.

Le vieil homme gémissait. Penchée sur lui, Anna examina l'œil, commença à prendre le pouls. Sans aucun instrument, elle ne pouvait tenter grand-chose.

— Soulevez-lui la tête, pria-t-elle, ouvrez sa chemise et donnez-moi de l'eau.

— Nous n'en avons pas.

Comme à regret, une jeune fille qui se tenait au premier rang des curieux tendit sa gourde contenant une dernière gorgée d'eau tiède. Anna en humecta son mouchoir qu'elle posa sur le front du vieillard. Il ouvrit les yeux.

— Vais-je mourir, docteur ?

— Je vais demander aux soldats l'autorisation de vous faire transférer dans un hôpital.

— Non, je veux partir.

Du doigt, il indiqua une vague direction, là-bas, vers le nord.

— Soyez raisonnable, il faut guérir avant de vivre libre.

De son regard intense, l'aïeul fixait Anna.

— Je veux seulement mourir libre.

Un autre docteur s'était joint au groupe. Il extirpa de sa poche un flacon. Chacun tendait le cou pour mieux voir. La chaleur était suffocante.

Les yeux de Fidel Castro se promenèrent sur le troupeau humain. Ces gens-là n'avaient rien compris. Alors qu'il leur offrait la griserie d'une aventure exaltante, ils s'accrochaient à de mesquins intérêts personnels, à leurs minuscules ambitions.

« Rentrez chez vous, fit-il annoncer au porte-voix, il ne vous arrivera rien. Vous aurez vos laissez-passer et des visas sans périr de faim et de soif. »

La plupart haussèrent les épaules. Aucune promesse ne leur ferait quitter cette terre de liberté, eût-elle l'apparence d'un enfer.

Anna dévisageait celui qu'elle avait tant admiré durant sa jeunesse. Aujourd'hui, elle voyait un homme vieilli, durci, infatué de lui-même. Lui savait où se trouvait Diego.

— Je vais rentrer chez moi, décida soudain un rouquin dont le maigre bagage était posé à côté du sac d'Anna. La promesse est publique, il sera obligé de la tenir.

Il se leva, ramassa son baluchon de toile. Une dame à cheveux blancs le suivit. Aussitôt, dans un silence glacé, chacun s'employa à leur ouvrir un passage.

Dès que Castro eut repassé la grille, des injures, renforcées d'applaudissements, fusèrent de partout à l'intérieur de l'ambassade, tandis que de l'autre côté de la rue la foule renvoyait des insultes, toujours les mêmes : « Lâches !... Renégats !... Vers de terre !... Foutez le camp !... Bon débarras !... »

La nuit venue, les réfugiés, recroquevillés sur eux-mêmes, essayèrent d'oublier la faim et la soif dans le sommeil. Le ciel était laiteux, sans étoiles. Une brise soufflait du sud.

Par fournées de cinquante, les camions déversaient les candidats à l'exil sur la plage du petit port de Mariel où avait été dressé à la hâte un camp de tentes pour les recevoir. Après deux semaines de survie dans les jardins de l'ambassade du Pérou, la plupart d'entre eux étaient à bout de forces. Déjà trois mille s'étaient envolés pour le Costa Rica, une poignée avait pu gagner l'Espagne ou le Pérou mais la majorité avait tenu bon : le grand voisin du Nord ne pouvait les abandonner. Bientôt ils seraient libres à Miami. « Installez-vous, criait un garde, des vivres seront bientôt distribués. Vous pourrez embarquer au fur et à mesure de l'obtention de vos laissez-passer. »

Dans le port quadrillé par l'armée cubaine, une grosse flottille de bateaux attendait. A quelques encablures, en mouillage forain, plusieurs douzaines de langoustiers se balançaient aussi.

Anna posa son sac dans une tente attribuée aux femmes célibataires. Cent fois elle avait été tentée de regagner La Havane, sa maison où Diego finirait bien par la rejoindre, mais un sentiment de vide terrible, d'inutilité, d'arrêt irréversible de sa propre existence l'en avait empêchée. Un sable fin déposé par le vent couvrait la bâche des tentes qu'entouraient des baraques foraines proposant repas, boissons et cigarettes à des prix exorbitants. Une lumière caressante glissait sur la mer, donnait à la plage une teinte dorée. Une fois de plus, les immigrants s'entassaient sans rechigner. Quelques jours encore, et ils vivraient enfin cette existence nouvelle qui nourrissait leurs rêves.

Sans cesse, à pied, en autobus, de nouveaux fugitifs investissaient le port. Aux six mille réfugiés de l'ambassade du Pérou se joignaient à présent des milliers de Cubains décidés à profiter de cette occasion inespérée de laisser derrière eux un régime détesté. D'abord accueillis à bras ouverts, ils épouvantaient par leur nombre toujours plus élevé les premiers arrivés. Un groupe de soldats poussait vers la plage des filles très maquillées, des hommes à mine patibulaire. « Des prostituées, des repris de justice, s'exclama la voisine d'Anna. Le Commandant envoie sa racaille aux Américains ! » Malgré le ton scandalisé de la voix, le regard pétillait de gaieté. Une émotion intense serra la gorge de la jeune femme : Diego ?

La nuit tombait. Çà et là des chandelles, des lampes tempête s'allumaient, trouant la toile des tentes de lueurs vacillantes. Anna ne parlait à personne. Et si rien ne l'attendait là-bas que la solitude ?

— Quatre Péruviens[1] pour un nouveau réfugié, clamait le capitaine. Ce sont les ordres.

Débordés par la foule, les équipages devenaient agressifs.

— Sauf-conduit ?

Anna tendit un carton gris qu'un fonctionnaire venait de lui délivrer.

— Vous pouvez embarquer.

Le *Big Baby* était déjà aux trois quarts plein. La jeune femme trouva un petit espace entre deux familles. Un enfant pleurnichait, une vieille marmonnait des litanies.

Soudain, il sembla à Anna que l'eau s'ouvrait comme un chemin devant eux. Au lent balancement succédèrent des secousses sèches. Ils avaient pris la mer.

Les yeux remplis de larmes, la jeune femme voyait s'éloigner la côte, la masse verte et mouvante des palmiers, le front inextricable des mangroves. Elle aurait voulu pouvoir exprimer librement sa détresse et devait se contraindre à fixer impassiblement la ligne des terres comme, des années auparavant, elle avait dû regarder s'éloigner son père et son frère. Chaque seconde l'écartait physiquement un peu plus de Diego, mais elle s'étonnait de ne pas en souffrir davantage. Etaient-ils déjà séparés irrémédiablement l'un de l'autre ?

A bord, certains somnolaient, quelques-uns évo-

1. On appelait « Péruviens » ceux qui avaient trouvé refuge à l'ambassade du Pérou.

quaient leur vie future, libre et sans nul doute heureuse, en Amérique. On citait les noms de frères, de sœurs, d'oncles installés depuis longtemps là-bas, riches certainement et prêts à les accueillir.

« Hé, terre, terre ! » cria un homme.

Devant eux se dessinait une longue ligne grise et monotone. Les Etats-Unis d'Amérique. Et tout le bateau, la tête haute, les yeux fixés vers cette frange indécise, répétait, la voix tremblante, les mots usés des immigrants : « *America ! America !* »

Après avoir examiné les maigres bagages des exilés, distribué des documents à remplir, les officiers d'immigration laissèrent certains Cubains s'installer à l'Air Force Base où un camp de fortune avait été édifié en hâte : cent soixante et une tentes avec cuisines de campagne, douches, infirmerie et entrepôts. D'autres étaient embarqués dans des bus en direction de Miami ou du nord de la Floride. En se séparant, les amis d'un moment se souhaitaient bonne chance. Beaucoup de joie, mêlée à une grande inquiétude, faisait vibrer les voix.

# *TROISIÈME PARTIE*

24

— Je suis citoyenne américaine.

Anna avait parlé espagnol. Etonné, l'officier d'immigration leva la tête.

— Avez-vous en votre possession un passeport, un acte de naissance ?

— Non, mais je suis née à Pittsburgh, le 23 juin 1950.

Un certain temps, l'homme la considéra avec incrédulité.

— Votre nom ?

— Anna, non Ann Lamberth.

— Ceux de vos parents ?

— Philip George Derek Lamberth, Pamela Margareth Wilcock.

— Nous vérifierons.

— Je peux m'en aller ?

— Vous allez devoir rester au camp quelques jours encore. Mais si vous avez de la famille, la procédure sera rapide, sinon, nous essaierons de vous trouver un emploi dans un Etat du Nord. En Floride, sans parents ni relations, vous ne trouverez rien.

— J'ai une amie à Coral Gable.

La jeune femme donna le nom, l'adresse de Teresa. Imperturbablement, l'homme écrivait.

Excepté de banals échanges de politesse, Anna ne se liait pas, évitait les innombrables réunions ou commérages. A l'inverse des autres réfugiés, sûre que son état civil serait vite confirmé, elle n'appréhendait pas d'être rapatriée. Son unique préoccupation était le choix de sa destination : Teresa, son mari et ses trois enfants ou son père à Philadelphie ? Elle était prête à prendre du travail dans n'importe quel secteur, être infirmière de nuit ou aide soignante, les professions les moins prisées ; mais durant les premiers mois, elle ne pourrait se permettre de louer un appartement, se charger des multiples dépenses qui faisaient partie intégrante de la vie quotidienne américaine, une assurance santé, une autre pour sa maison, une voiture pour se déplacer, un téléphone. Inlassablement, les avocats mis à leur disposition par l'Etat de Floride leur conseillaient de trouver abri chez des parents ou amis, le temps de s'acclimater et de s'intégrer.

Un soir, au crépuscule, alors qu'Anna se rendait au réfectoire pour ingurgiter l'éternel poulet frit à la purée de pommes de terre et aux petits pois, un officier d'immigration la convoqua.

— Nous venons de recevoir un câble de Pennsylvanie. Il existe bien un acte de naissance concernant Ann Michelle Lamberth, née à Pittsburgh le 23 juin 1950. Ann Lamberth s'est installée à Cuba avec ses parents en 1954, seul son père, Philip Lamberth, et son frère Mark en sont revenus en décembre 1958. Le sergent Mark Joseph Kevin Lamberth a été porté disparu au sud de Hanoi en octobre 1968. Il semble établi d'après vos déclarations spontanées que vous êtes bien Ann Michelle Lamberth. Après que le FBI vous aura interrogée pour vérification, vous serez libre.

Anna avait reçu cent dollars et une brochure sur les lois et usages ayant cours dans l'Etat de Floride. Avant de prendre le bus du matin en partance pour Miami, elle chercha à joindre Teresa, sans succès. Mais se retrouver libre était un attrait trop fort pour différer son départ, ne fût-ce que de quelques heures.

Elle n'avait pas franchi la double porte grillagée qu'un petit homme en chemisette rose se précipita sur elle.

— Miss Lamberth ? Je suis Bob Randolf du *Miami Herald*. Pouvez-vous m'accorder un instant ?

Attentive à comprendre les paroles de son interlocuteur, Anna ne réagit pas aussitôt.

— Vous n'avez encore accepté aucune interview, n'est-ce pas ?

Avec application, la jeune femme articula en anglais :

— Je ne sais pas ce que vous voulez dire.

— Discutons à côté de ma voiture, si vous le voulez bien.

D'autorité, il la saisit par le bras et la tira vers une Ford Escort garée à quelques pas.

— Qui êtes-vous donc ?

— Je suis journaliste, confirma Randolf en mettant sous le nez de son interlocutrice une carte professionnelle. Par des amis à l'Immigration, j'ai appris qu'une citoyenne américaine, retenue à Cuba depuis plus de vingt-cinq ans, venait de revenir chez elle. Belle histoire, n'est-ce pas ? (Et, comme Anna le considérait bouche bée :) Miss Lamberth, vous avez vécu à Cuba une aventure étonnante, je souhaiterais l'exclusivité de votre récit.

— Je n'étais pas retenue à Cuba, murmura la jeune femme.

— Mais vous venez de vous en échapper pourtant ! Quelle est votre impression sur l'Amérique après toutes ces années d'exil ?

— Ne parlons pas de moi, cela n'a aucun intérêt, mais plutôt de mon fiancé, prononça la jeune femme d'une voix fébrile. C'est un comédien connu à La Havane. Il a été accusé de paroles antirévolutionnaires et jeté en prison. Ecrivez son histoire. Aidez-moi à convaincre l'administration d'enquêter.

Bob Randolf soupira. Il avait affaire à une originale. Peu de chance d'en obtenir une interview valable. Quant au fiancé emprisonné, ce n'était pas du domaine de sa rubrique de potins locaux.

— Ecrivez plutôt à Amnesty International, miss Lamberth. Eux seuls pourraient faire quelque chose. Et dans un dernier effort, il insista : Etes-vous sûre de n'avoir rien à dire ? Durant toutes ces années passées loin de son pays, on doit accumuler beaucoup de regrets, de frustrations.

Anna gardait le silence.

— N'ayez pas peur, miss Lamberth, vous n'êtes pas sous la férule d'un dictateur. Ici, l'expression est libre. Ayez confiance.

— Avez-vous déjà été à Cuba ? (Interdit, le journaliste hocha la tête.) Les matins de printemps, la campagne y embaume la fleur d'oranger. Ce parfum traîne le long des champs, s'insinue dans les ruelles de La Havane où il vient se marier aux effluves de café, de mangue et de rhum. Capiteux, il remonte les sentiers vers la montagne, escalade les raidillons, plonge dans les ravins d'où s'élancent les pins, les buissons d'aloès et de cactus-crabes. Je peux vous en parler ainsi que de notre vie à nous Cubains, dans les villes ou les campagnes, de ce que nous partageons, espérons ou regrettons. Mais je suppose que ce genre de conversation ne vous intéresse guère.

Anna avait mêlé l'espagnol à l'anglais et cependant elle prononçait les mots lentement, comme si elle cherchait une inflexion, un argument pouvant convaincre Bob Randolf. L'air dépité du journaliste était éloquent.

— Je vais vous laisser mon numéro de téléphone, miss Lamberth. Si vous changez d'avis, contactez-moi. Entre-temps, je vais demander à ma direction combien elle veut consacrer à cette interview. Mais d'ores et déjà, je peux vous garantir une somme de mille dollars. Réfléchissez.

Randolf ouvrit la portière de la voiture. Déjà Anna avait perdu tout intérêt pour lui.

— Bonne chance, Ann, et souvenez-vous : mille dollars ne sont jamais à négliger.

Il s'engouffra dans la Ford, démarra en faisant crisser les pneus sur le bas-côté de la route.

Derrière une pelouse bien tondue, cernée d'impatientes et de gros bouquets de lauriers-roses, la maison n'était pas aussi grande qu'Anna l'avait imaginée, mais sympathique. Avec ses tuiles romaines de béton peintes en rouge, des fenêtres en ogive, une porte cloutée, un petit campanile planté au milieu du toit, la demeure était un mélange d'architecture méditerranéenne et mexicaine. Le bus avait déposé la jeune femme à plus d'un kilomètre. Elle avait chaud. La robe en tissu de rayonne marron et jaune collait à son corps, la poignée de la valise meurtrissait sa main. Elle hésita. Rien ne bougeait, aucun signe de vie ne se manifestait. Que deviendrait-elle avec ses quelques dollars en poche si Teresa avait déménagé ? Comme elle tendait le doigt vers la sonnette, un bus jaune stoppa d'où un garçonnet puis une fillette descendirent. Immobiles, ils considérèrent un moment l'inconnue qui se tenait devant leur porte.

— Qui es-tu ? interrogea en anglais le petit garçon.

Il avait saisi la main de sa sœur pour la protéger.

— Une amie de votre maman, répondit Anna en espagnol.

— De Cuba ? s'exclama la fillette.

Soudain la porte s'ouvrit.

— Par la Vierge de la Charité de Cobre[1], Anna !

Devant une tasse de café et une part de gâteau au citron vert, Anna conta ses derniers jours à La Havane, sa fuite à l'ambassade du Pérou, puis la traversée de Mariel à Key West suivie du séjour au centre d'attente et des interminables interrogatoires du FBI.

Teresa poussait des exclamations, entamait des phrases qu'elle ne finissait pas. A deux pas, les yeux écarquillés, les enfants écoutaient.

— Voilà mon histoire, conclut enfin Anna. Peux-tu m'héberger quelques jours ?

Pour toute réponse, Teresa la serra dans ses bras.

Ce qui stupéfiait le plus Anna, c'était l'abondance des denrées dans les magasins. A peine osait-elle s'aventurer dans les allées des supermarchés. Sur les

1. Sainte patronne de Cuba.

trottoirs, elle s'arrêtait, incrédule, devant chaque vitrine.

— A quoi sert tout cela ? s'exclamait-elle.

Teresa riait, l'entraînait dans une boutique de vêtements, un grand magasin, un drugstore, simplement pour s'amuser des yeux étonnés de son amie.

— Les trois quarts de ces objets sont inutiles, remarquait Anna.

Lors du premier dîner au restaurant où Luis et Teresa l'invitèrent, Anna fut choquée de voir repartir vers les cuisines des assiettes à moitié pleines. « Des heures de queue », pensa-t-elle.

Dans cette abondance gaspillée, rien ne l'enthousiasmait. Elle refusa d'y retourner.

Très vite, le Jackson Memorial Hospital l'engagea comme infirmière de nuit. Elle regagnait la maison de Coral Gable à neuf heures du matin, dormait jusqu'à quatre heures de l'après-midi, puis travaillait les examens nécessaires pour exercer la médecine aux Etats-Unis.

— Et ton père, s'étonnait Teresa, vas-tu enfin l'appeler ?

— J'attends un peu encore, je veux m'acclimater.

Elle s'était fixé la fin de l'été pour trouver une chambre indépendante, ne plus peser sur Teresa et sa famille. Alors, elle pourrait contacter Philip, envisager d'aller le voir.

Anna écrivit à Amnesty International, ainsi qu'à différents organismes militant pour les droits de l'homme. Anxieusement, elle attendit les réponses. En juin arriva une lettre d'Amnesty affirmant que la situation des artistes comme des intellectuels opposés au régime castriste les préoccupait. Une enquête était à l'ordre du jour. Un questionnaire était joint qu'Anna remplit fiévreusement. Ecrire le nom de Diego, sa date et son lieu de naissance le tirait pour un moment du néant. Elle pleura.

— J'ai une surprise pour toi, déclara un après-midi Teresa. Va faire un tour et rentre vers six heures, pas avant.

Elle poussa son amie dehors.

Le temps de cette fin de juin était lourd et humide. Anna prit la rue Catalonia en direction du boulevard Granada. Mis à part la profusion de voitures, le nombre étonnant de centres commerciaux et l'élégance des passants, l'ambiance de la rue était proche de celle de La Havane. Anna aimait reconnaître les arbres, les plantes familières, retrouvait la luminosité du ciel, la splendeur des couchers de soleil. Souvent elle croisait des Cubains, il lui arrivait d'échanger quelques mots avec eux. Mais elle se sentait elle-même exclue, sans identité, sans jeunesse, sans autre avenir que de ressasser les souvenirs du passé. Amnesty ne donnait plus signe de vie, les autres organismes n'avaient pas encore pris le temps de répondre.

La vie n'était pas toujours facile à La Havane, mais ici tout était tristement anonyme ! A l'hôpital, les infirmières, en nombre insuffisant, travaillaient comme des robots. Chaque témoignage de gentillesse semblait programmé.

Anna s'assit sur un banc à l'ombre d'un ficus dont les racines puissantes s'implantaient dans l'herbe fraîchement tondue des contre-allées comme les cannes d'un géant. Elle devait tenir bon. Vêtus de rose et de vert pomme, deux vieillards passèrent devant elle, puis une jeune femme tirant un chien pomponné, un garçon dont les oreilles étaient cloutées de petits diamants. Les yeux vagues, Anna le considéra un instant. Depuis son arrivée aux Etats-Unis, elle n'avait plus la faculté de s'enthousiasmer ou de se révolter, une sorte d'indifférence la coupait de tout. Sa place n'était pas à Coral Gable. Elle allait se résoudre à écrire à son père. Cette décision était pénible, mais peut-être lui apporterait-elle la paix. Philip pourrait la conseiller. Sans nul doute, il possédait un réseau d'amis. Ensemble, ils tireraient Diego de sa prison.

« Joyeux anniversaire, Anita ! »

Dans le salon, autour d'une bouteille de champagne californien qui rafraîchissait dans un seau, Teresa, Luis, leurs trois enfants, un couple de voisins cubains et un inconnu étaient regroupés. Le rouge monta aux joues d'Anna. « A ton bonheur en Floride ! » Ils trinquèrent. Le nouvel invité avait l'accent des gens de Santiago de Cuba. D'autorité, il se plaça à côté d'Anna. Une odeur appétissante de sauce venait de la cuisine. Bien qu'il fît jour encore, Teresa alluma des bougies. Elle portait une robe de toile noire rehaussée d'une pochette rose fuchsia et d'une ceinture qui soulignait l'alourdissement de sa taille. Bien coiffés, bien habillés, les enfants mangeaient sans dire mot. De toutes ses forces, Anna tentait de capter la joie environnante afin de s'en imprégner. Un sourire aux lèvres, elle écouta les propos de son voisin qui parlait de parents encore à Santiago. Très vite, ce fut la sempiternelle évocation des amis, oncles, frères et sœurs, les uns aux Etats-Unis, les autres restés de gré ou de force à Cuba. Des noms de famille, des liens de parenté compliqués resurgissaient intacts dans la mémoire des exilés et toujours revenait la continuelle rengaine de leur haine implacable envers le dictateur.

— Si je retournais chez moi, remarqua l'homme brun, je ne reconnaîtrais rien. J'avais dix ans lorsque nous sommes partis de Santiago.

Anna se sentait affreusement seule, mais afin de ne pas gâter la joie des autres, elle voulut plaisanter.

— Ne trouvez-vous pas que nous ressemblons à d'anciens combattants ressassant leurs guerres coloniales ?

Coupant court à toute réplique, Teresa déposa sur la table un plat fumant de picadillo[1], tandis que son fils aîné apportait précautionneusement une salade de haricots.

— Je crois me souvenir de ton mets préféré, Anita, s'exclama-t-elle avec une gaieté forcée. Te souviens-tu

1. Viande hachée aux oignons, tomates, raisins, olives.

quand nous en mangions dans cette bodeguita près de la place d'armes ?

— Avant que les Cubains ne se serrent la ceinture ! intervint l'homme brun.

Anna se tourna vers lui.

— Que savez-vous de Cuba ? interrogea-t-elle d'une voix cinglante. Vous en êtes parti en 1959, n'avez connu ni les joies ni les efforts des gens de ce pays. Alors, parlons d'autre chose, voulez-vous ?

Le gâteau arriva, tout illuminé de trente bougies.

— Et j'ai deux bouteilles de sangre-de-toro, se réjouit Teresa.

Anna en but trois verres. Elle voulait se laisser emporter par l'euphorie procurée par le vin. Pour un instant elle oublierait le regard de Diego lorsqu'ils faisaient l'amour, et sa frêle silhouette vêtue de gris et de jaune la dernière fois qu'elle l'avait vu sur la scène du Théâtre National.

## 25

A toute vitesse le bus remontait vers le nord. Le long de la 95[1] se succédaient les aires de repos, des parcs joliment paysagés où les touristes pouvaient trouver tables, bancs, petits barbecues en fonte pour leurs pique-niques. La tête appuyée contre la vitre, Anna tantôt sommeillait, tantôt contemplait le paysage monotone. Un panneau indiquait : *Bienvenue en Caroline du Nord* . « Je serai à la gare routière de Philadelphie, avait écrit son père. Au cas où tu ne me reconnaîtrais pas, je porterai une veste de toile écossaise, un pantalon kaki. Tiens à la main le *Miami Herald* ». Le journal était dans le sac qu'elle gardait serré contre elle. C'était difficile d'imaginer Philip guettant l'arrivée du bus. Viendrait-il en compagnie

1. Autoroute reliant Miami à Washington et à New York.

de la nouvelle Mme Lamberth ? Arriverait-elle à lui témoigner un peu d'affection ?

La séparation d'avec Teresa avait été cruelle, mais le moment de se quitter était arrivé. Accepté par l'une comme par l'autre, l'alibi des retrouvailles impossibles à ajourner plus longtemps avec Philip avait simplifié les adieux. Mais l'explication réelle était tout autre. A Coral Gable, dans le cercle étroit, embrigadé des Cubains, Anna étouffait. Alors que Diego voyait s'écouler semaines et mois au fond d'une prison, les exilés s'installaient confortablement dans une petite vie douillette, copie conforme de celle qu'ils menaient avant la révolution. Anna ne se sentait pas des leurs. Afin de ne pas être soupçonnée d'être toujours communiste, elle devait feindre, retenir chaque mot, contrôler ses gestes pour ne pas choquer Teresa ou son entourage. « Reviens quand tu voudras », avait déclaré son amie en la serrant dans ses bras. Mais la jeune femme savait que jamais elle ne réintégrerait la jolie maison de style espagnol au milieu de sa pelouse verte.

La nuit était tombée. A côté d'Anna, une femme entre deux âges dormait, la bouche entrouverte, le visage encore tendu dans le sommeil. « Que fais-je là ? » pensa Anna. L'angoisse revenait, avec la sensation de laisser sa chair et son âme derrière elle. Chaque tour de roue du Greyhound[1] la déchirait un peu plus. Elle aurait tant voulu éprouver du bonheur à l'idée de revoir ce père dont le départ avait représenté un drame immense dans son existence d'enfant. Mais aujourd'hui où quelques heures seulement la séparaient de lui, l'élan se trouvait brisé.

Le ciel était noir, sans lune, sans étoiles, sans repère. Parfois, à La Havane, elle allait rejoindre ses parents dans leur lit. Elle adorait se blottir contre son père, effleurer sa jambe. Pamela la grondait : « Tu as quatre ans maintenant, tu dois dormir dans ton propre lit. »

1. Entreprise d'autocars qui desservent une grande partie des Etats-Unis.

Pour ne pas être renvoyée dans sa chambre, pour qu'on l'oublie, elle fermait les yeux, faisait semblant de dormir. Mais toujours le moment venait de retraverser la maison, de passer sous le tableau effrayant d'une chasse au renard dans le Vermont, de regagner sa chambre au fauteuil jaune détesté.

Le bus roulait dans des faubourgs. Le long de l'autoroute, des maisonnettes, garages, hangars se succédaient. L'air était moins transparent, la nature rare et triste. Le jour se levait.

— Nous arrivons à Philadelphie, déclara la femme assise à côté d'elle.

Son rouge à joue était délayé, elle avait l'air fripée et sale.

— Je sais, murmura Anna.

Elle ne voulait aucun contact, souhaitait se concentrer sur sa peur pour tenter de la dominer.

Les maisons devenaient plus nombreuses, plus hautes, des avenues se dessinaient, bordées de hêtres ou d'érables. Le bus avait quitté l'autoroute, longeait une rivière. Anna avait beau fouiller sa mémoire, ce paysage ne lui rappelait rien. Aucune émotion ne jaillissait en elle.

En ville, les rues étroites rendaient la circulation difficile, le bus roulait au pas, sans cesse arrêté par un feu rouge, un étranglement de la chaussée causé par des travaux. Enfin il s'engouffra dans un immense garage et s'immobilisa. Un par un les passagers commencèrent à descendre. Des gens attendaient qui gesticulaient, affichaient des mines joyeuses. La dernière, Anna posa le pied sur le sol. Elle avait froid. Elle était épuisée.

Corpulent, le cheveu rare, le teint un peu couperosé, un homme s'approchait d'elle.

— Ann ?

La jeune femme serrait sous un bras le *Miami Herald*. Elle ne savait plus très bien où elle était ni ce qu'elle faisait.

— Père ?

Philip Lamberth, qui hésitait à embrasser sa fille, tendit finalement une main.

— Bienvenue, mon enfant. As-tu une valise ?

Le chauffeur extirpait les bagages de la soute. Anna désigna un gros sac de toile marron que Philip empoigna. Le père comme la fille étaient tellement émus qu'ils se heurtèrent en sortant de la gare routière. La première, Anna tenta de rire.

— Nous sommes pires que des adolescents, toi et moi !

Il aurait suffi d'une question gentille, d'un geste tendre pour qu'elle se jetât au cou de cet homme. Mais déjà il marchait sur le trottoir, un trousseau de clefs à la main.

Sur la table de la salle à manger étaient préparés un pot de café, une assiette de biscuits recouverts de sucre glace aux couleurs acidulées.

— Veux-tu te rafraîchir ? interrogea Philip d'une voix presque timide. Je vais te montrer ta chambre.

Avec de petites pièces en enfilade, une moquette vert mousse imprimée de feuilles d'automne, la maison était banale, mais confortable. Tout au fond, on apercevait un coin de terrasse, un bouquet d'arbres.

— Je n'ai pas fait de ménage, s'excusa-t-il en ouvrant une porte, je vis en célibataire, tu sais. Mais j'ai sorti draps et serviettes.

— Ta femme ?

— Kate et moi avons divorcé voici trois ans. Installe-toi, je t'attendrai dans le salon.

Restée seule, Anna porta le regard autour d'elle. Tout était si triste : ces retrouvailles, la maison, sa chambre au papier peint criard avec le dessus-de-lit en satin saumon. Mais en dépit de cette désolation, une étrange paix l'envahissait, comme la réminiscence à peine formulée d'une existence lointaine et douce où les chagrins restaient étrangers, une sérénité murée, sans illusion. Elle rangea ses quelques vêtements dans le placard. Dans la minuscule cabine où flottaient encore des relents de savon à la lavande, elle prit une douche. Habillée, coiffée, elle ouvrit la fenêtre. L'air humide du jardin la frappa en plein visage. Autour de la terrasse bordée d'une balustrade s'étiolaient quelques azalées en pot. Un peu plus loin, les bois se déployaient, formant une barrière végétale. Non pas de grands beaux arbres, mais un fouillis d'arbustes, de buissons, de ronces enchevêtrées d'où émergeaient çà et là les touffes maigres de quelques pins. Sans cesse Anna repensait à son père : l'homme en élégant costume clair qu'elle avait connu à La Havane n'était plus. Il fallait « adopter » cet être différent vers lequel aucun élan ne la poussait, apprendre à le connaître et, pourquoi pas, à l'aimer. Ils allaient former une équipe de rescapés et, soudés l'un à l'autre, seraient plus éloquents pour plaider la cause de Diego.

Philip attendait Anna en regardant un film à la télévision. Cette jeune femme austère, peu communicative, l'intimidait. Elle avait de Pamela dans sa façon de se suffire à elle-même, de ne s'autoriser aucune émotion. Il l'avait imaginée plus vive, plus chaleureuse, plus « cubaine », avec des vestiges du charme qu'elle possédait enfant. Un peu de spontanéité l'aurait aidé à briser la glace, à la prendre dans ses bras. Depuis sa séparation d'avec Pamela, suivie dix années plus tard du départ de Kate, il se méfiait des femmes, de leur incompréhensible méchanceté. Parviendrait-il à une entente tardive avec sa propre fille ? Il voulait bien lui donner un coup de pouce pour l'aider à reconstruire sa vie en Pennsylvanie, était disposé à la loger, l'entretenir pendant quelques mois, lui faire oublier son médiocre passé cubain. Elle emmagasinerait vite, se marierait. Il aimait l'idée de pouvoir occuper ses dimanches avec sa fille et ses petits-enfants en sirotant des bières en compagnie de son gendre. Dans une année, il serait à la retraite. Quittant l'écran de la télévision, le regard de Philip se posa sur la photo de Mark en uniforme. Sa mort l'avait détaché de tant d'êtres et de choses ! Il se sentait maintenant las, incrédule. Personne ne remplacerait son fils dans sa vie.

Devant le pot de café, Philip et Anna évoquèrent des bribes anodines du passé, cherchant d'instinct à n'aborder aucun sujet personnel.

— J'ai pour toi une liste des hôpitaux de Philadelphie. Malheureusement, je ne peux te recommander à quiconque, mais avec ton diplôme, trouver un poste d'infirmière sera des plus faciles, affirma Philip. En attendant que tu puisses prendre ton indépendance, cette maison est tienne.

Anna fit son possible pour ne pas montrer sa déception. Elle n'avait pas retrouvé son père depuis deux heures que déjà il planifiait son départ ! Jamais cette froide organisation ne serait venue à l'esprit d'aucun de ses amis cubains.

— Tu aimeras Philadelphie, continua Philip. Je n'y habite que depuis le départ de Kate mais c'est une ville intéressante, plus vivante que Pittsburgh. D'ici, tu es à une demi-heure en voiture du centre-ville.

— Je n'ai pas de voiture, papa.

— Aussitôt que tu auras un contrat dans un hôpital, tu pourras, à crédit, en acheter une d'occasion.

Anna écoutait à peine. L'existence bien réglée décrite par son père lui faisait horreur. Elle ne s'y plierait que le temps nécessaire.

Son regard se détacha du canapé en velours jauni qui lui faisait face, se posa sur les arbres que l'on apercevait derrière les deux fenêtres. Un soleil éclatant coulait une lumière vive entre les frondaisons des érables et des ormes. Une vague de nostalgie la submergea.

— Te souviens-tu, papa, du manguier de notre jardin à La Havane ?

— Je n'ai rien oublié, murmura Philip.

Il semblait soudain moins sûr de lui. Dans ses yeux, Anna lut une sorte d'inquiétude.

# 26

Avec octobre, les soirées se firent fraîches, les arbres se dépouillèrent. L'ennui et parfois la révolte envahissaient Anna. Emoussant sa volonté, une sorte de léthargie l'entraînait comme une spirale au plus profond d'elle-même. Rêvassant de Cuba, elle restait des heures entières allongée sur son lit. Certains souvenirs, douloureux ou joyeux, lui faisaient monter les larmes aux yeux. Un fond de bruit de télévision venait du salon au rez-de-chaussée. Après un mois et demi de vie commune, ni elle ni Philip n'avaient réussi à se livrer. Sans doute était-ce trop tard désormais. Ils avaient manqué le moment propice. Parfois, en de brèves confidences, son père évoquait Pamela, Kate ou Mark, mais il refusait de laisser toute émotion abattre les barrières érigées autour de lui. Quoique envers la cause de Diego il se fût montré bien disposé, Anna avait très vite compris que son intérêt était plus intellectuel que sentimental. Le cas du jeune Cubain s'intégrait dans la longue liste des abus qu'il dénonçait, une liste sans visages, sans noms, comme l'absence d'une assurance maladie nationale, la démission américaine au Salvador ou l'apartheid en Afrique du Sud. Un journaliste avait écrit un bref article dans le *Washington Post* sur les prisons de Castro, où le nom d'Anna était mentionné. A la suite de ces quelques lignes, elle reçut des lettres de sympathie provenant d'exilés cubains, d'horribles récits de sévices, de tortures, d'exécutions qui la rendirent malade jusqu'à la nausée.

— Si tu avais épousé Diego, répétait Philip, ta position serait beaucoup plus forte. Le cas du mari d'une citoyenne américaine pourrait déclencher ici un mouvement de solidarité, pas celui d'un amant.

Ces mots bouleversaient Anna.

Elle aimait la nuit, le même ciel la liait à Diego, les mêmes étoiles. Parfois, elle lui écrivait des lettres qui, elle en était sûre, ne seraient jamais transmises. Elle n'y racontait jamais son existence à Philadelphie, mais revivait indéfiniment leurs souvenirs communs. Au fil de sa plume, elle refaisait le voyage vers Cuba, retrouvait intacts ses enthousiasmes d'adolescente, sa joie de vivre, son amour pour le jeune comédien, sa foi en un régime qui n'avait pas tenu ses promesses. Tout était lié inextricablement, comme une fatalité la menant où elle se trouvait à présent.

Une fin d'après-midi où elle rentrait de l'hôpital, un carton entre les mains contenant des plats chinois destinés au dîner, Philip lui annonça que pour la distraire et la présenter à quelques amis il venait d'organiser une soirée au restaurant.

— Nelson et Eva Larson ont deux filles de ton âge, les Johns un fils célibataire qui a une belle situation.

— Tu veux te débarrasser de moi ?

— Je souhaite que tu sortes, que tu prennes du bon temps. Moi, je suis un vieil ours, ma compagnie ne peut te suffire éternellement. L'hiver, on s'amuse à Philadelphie.

Anna ne voulut pas avouer qu'elle était plutôt heureuse de ce projet. Sa vie semblait prendre enfin un semblant de départ. Dans quelques mois, elle obtiendrait son diplôme américain, pourrait exercer la médecine, gagner suffisamment d'argent pour voyager, se rendre en Espagne où, plus que nulle part ailleurs, lui affirmait-on, le sort des prisonniers cubains était pris en considération. Il fallait non seulement garder courage mais assez d'enthousiasme pour que les forces de vie puissent finalement triompher. Sans doute mettait-elle la barre trop haut pour éprouver les joies simples de ses compagnes infirmières : une sortie avec un garçon, des courses dans un centre commercial, une séance de cinéma. Elle avait tort. Comme les autres, il fallait essayer de s'en contenter. A La Havane, la vie quotidienne était beaucoup plus difficile mais la chaleur humaine, la gaieté, l'humour de tous dotaient chaque instant d'une poésie particulière.

— Nous sommes tellement heureux de connaître la jeune Cubaine !

Anna ne saisissait pas si l'intonation manifestait de l'ironie ou de la compassion. Le visage parfaitement maquillé, la jolie coiffure étaient autant de masques. A son tour, Nelson Larson la salua. La soixantaine comme Philip, il avait les cheveux blanc neige, de grosses lunettes à monture d'écaille.

— Mes filles s'excusent, elles chantent ce soir avec leur chorale.

Ils attendirent les Johns en buvant des Martini. Par politesse, Eva posa quelques questions rebattues sur Cuba. Comme si elle évoquait une pauvreté cachée, une tare dissimulée, l'accent restait plein de commisération.

— Vous aimez Philadelphie ? C'est la ville au monde que je préfère, vous êtes née sous une bonne étoile.

Anna s'efforçait de trouver une réponse qui ne serait pas désobligeante lorsque apparurent les Johns : un couple banal, suivi d'un garçon plutôt beau, au maintien timide.

— Voilà Bryan Johns, annonça Philip en adressant à sa fille un regard engageant.

Le dîner touchait à sa fin lorsque la conversation revint sur Cuba.

— Pauvres gens, soupira Simon Johns, ils n'ont même plus le ressort de jeter à terre leur tyran. Dieu merci, vous avez pu vous échapper !

— On dit, continua fiévreusement Eva, que vous avez été contrainte à rester là-bas durant plus de vingt-cinq ans ! Pauvre petite.

— On va se battre pour des Sud-Américains qui nous crachent à la figure et l'on abandonne nos propres ressortissants, ajouta Nelson.

Comme Anna ne réagissait pas, Philip vola à son secours.

— La jeunesse cubaine a vécu des moments très

intenses. Dommage qu'adultes ils aient à payer la facture de ces espoirs.

— Mais comment avez-vous pu supporter ces embrigadements, l'absence de liberté de la presse, des harangues politiques qui durent des heures, l'invasion des Russes ? s'étonna Nelson.

— Le rationnement de nourriture, l'interdiction de quitter le pays, les emprisonnements arbitraires ? continua Simon Johns.

Anna joignit les doigts, les serrant très fort afin de garder son calme. Elle pensait aux Torres, à leur émerveillement lorsqu'ils avaient appris à lire, à l'enthousiasme des brigades parties pour la récolte « historique » de canne, à l'acharnement qu'avait mis la population tout entière à éradiquer les mauvaises herbes, tous ces espoirs, cette fraternité, cette conviction qu'eux, pauvres Cubains enfermés dans leur île, bravaient le reste du monde. C'était le passé, bien sûr, elle en était consciente, mais ces gens à l'abri de leur confort douillet n'avaient pas le droit de juger, encore moins de mépriser. Que la chute de ce courageux petit peuple puisse les réjouir lui était odieux.

— Nous avons à Cuba des systèmes scolaires et de santé très avancés. Nos artistes, nos chercheurs et sportifs sont de niveau international.

— Après tout ce qu'ils vous ont fait, vous les défendez ! s'étonna Eva Larson.

Anna avait la gorge nouée. Cette femme avait raison. Ce pays lui avait pris sa famille, son amant, et cependant, contrairement à d'autres Cubains sûrement moins éprouvés, elle ne cesserait de le soutenir !

Le lendemain matin, Anna reçut un appel téléphonique de Bryan qui l'invitait à dîner le samedi suivant. Indécise, la jeune femme resta un instant l'écouteur à la main. Pouvait-elle envisager de sortir avec un autre que Diego ? Mais se confier à un homme qui semblait sympathique n'avait rien de répréhensible. Diego avait quitté sa vie depuis presque deux années. Elle ne croyait plus au miracle désormais. Sa lutte pour le revoir serait longue et ardue.

# 27

Anna se glissa dans la grosse Mercedes de Bryan. Elle avait arpenté la galerie commerciale proche de l'hôpital pendant des heures avant de trouver un manteau, une robe, de se décider pour des chaussures parmi les dizaines de modèles exposés. L'époque des baskets orange ou des robes sacs en nylon offerts dans les magasins de La Havane lui semblait à des années-lumière.

Se coiffer, se maquiller avait été un travail fastidieux auquel elle n'était guère habituée, puis elle avait passé au poignet la gourmette en or de Pamela, attaché au revers de son manteau le clip en forme de tortue, mis un soupçon de parfum. Elle pensait à Diego. Sur sa commode, la pendule indiquait six heures trente. « Voilà Bryan, avait claironné Philip depuis le rez-de-chaussée, j'aperçois sa voiture. » La robe rouge l'avantageait, ainsi que les chaussures à talons hauts. Anna s'était détournée du miroir.

L'atmosphère du restaurant choisi par Bryan était douillette : une auberge de style vieille Angleterre décorée de copies d'enseignes de pubs artistiquement délavées. Une table avait été réservée où on les conduisit aussitôt. Autour des convives qui dînaient en silence, les serveurs glissaient sur le plancher aux larges lattes bien astiquées. On leur tendit des menus. En face de cet homme muet, Anna chercha à toute vitesse un sujet de conversation. Il n'était pas question de laisser Bryan se lancer sur la politique cubaine, poser des questions auxquelles elle faisait toujours les mêmes réponses superficielles. Mais elle ne trouvait rien qui puisse les intéresser l'un et l'autre. Enfin, après quelques gorgées de Martini gin, il se décida.

— Que pensez-vous de moi ?

Devant la porte d'Anna, ils se séparèrent en se serrant la main.

— Je vous rappellerai bientôt, affirma Bryan.

La jeune femme ne savait pas si elle avait vraiment envie de le revoir. Depuis son arrivée à Philadelphie, rien ne parvenait à l'enthousiasmer durablement. Elle voyait défiler les jours, les personnages, avec indifférence et ce vide intérieur lui faisait peur.

Pour Thanksgiving, le père et la fille dînèrent en tête à tête. Anna avait passé la belle robe rouge achetée pour sa soirée avec Bryan. Depuis, il n'avait donné aucun signe de vie et elle s'en moquait. Les horaires à l'hôpital étaient harassants, les transports interminables. Avec l'appréhension décourageante de ne jamais parvenir à se faire une place dans cette société où elle s'intégrait si mal, une fatigue sournoise pesait sur ses épaules. Une dinde, achetée toute rôtie au supermarché, du riz et des légumes, une tarte aux patates douces étaient disposés sur la desserte. Philip ouvrit une bouteille de rosé chilien.

— Nous formons un drôle de couple, plaisanta-t-il en levant son verre. Plus de vingt années de séparation avant une remise en ménage. Plutôt rare, n'est-ce pas ?

Anna essaya de sourire. Ce vieil homme tentant de tourner en plaisanterie un passé désastreux lui semblait pathétique. Aucun des deux n'était dupe cependant. Ils étaient des étrangers l'un pour l'autre.

— Je prévois de m'absenter en février, continua Philip, une croisière aux Caraïbes ou une excursion au Mexique. Mais je ne te chasse pas d'ici, tu garderas la maison.

— Tu as peur que je m'incruste, n'est-ce pas ?

— Tu ne me gênes pas du tout, Ann. Seulement, il faudra bien qu'un jour tu mènes ta propre vie !

— Il me semble que je la mène depuis pas mal de temps ! As-tu oublié que je n'avais que huit ans quand tu m'as quittée ?

Elle s'était pourtant juré de ne pas souffler mot du passé et voilà qu'un simple verre de vin la faisait trébucher. Vivement, elle posa le plat où se trouvaient la dinde et les légumes sur la table. Une boule montait le long de sa gorge.

— Ai-je eu le choix ? se récria Philip. Ta mère et moi avions résolu de nous séparer. Même si Castro n'avait pas fait sa révolution, je serais parti.

— Tu n'es pas obligé de te justifier, papa.

Le regard de Philip posé sur elle inquiétait Anna. Jamais elle ne lui avait vu pareille acuité.

— Je sais que tu me juges, mais tu as tort.

Anna se mordit les lèvres, il fallait vite détourner la conversation. Elle servit son père, s'assit, déplia une serviette sur ses genoux.

— Joyeux Thanksgiving !

Mais, figé devant son assiette débordante de victuailles, Philip gardait son regard acerbe.

— Ta mère t'a seriné que je vous avais abandonnées, n'est-ce pas ?

— Jamais de la vie !

Anna avait presque crié.

— C'est elle qui m'a laissé tomber. Elle avait un amant cubain.

— Je t'en prie, papa !

Mais Philip semblait intarissable. Maintes fois, il s'était interrogé sur les explications qu'il donnerait à sa propre fille si jamais ils se revoyaient. Aujourd'hui, les mots s'imposaient, incontrôlables.

— Je me souviens de ton regard, Ann, lorsque Mark et moi avons quitté notre maison de La Havane. Tu me haïssais.

— J'étais épouvantée de te voir partir !

— Non, Ann. Tu me haïssais. Mais ta haine aurait dû se tourner contre ta mère, pas contre moi. En dépit de mes mises en garde, c'est elle qui a décidé de te garder à Cuba. Elle voulait te façonner à son image.

— Les parents influencent toujours leurs enfants.

— Tu veux insinuer que je suis responsable de la mort de Mark ?

La voix était sourde, hostile.

Dans le poêle à bois, une bûche s'effondra avec un bruit sec. Anna repoussa son assiette, servit le café et la tarte encore tiède. La lueur de colère avait disparu du regard de Philip.

— Te souviens-tu de notre dernier Thanksgiving à La Havane ? Je vous avais emmenés, ton frère et toi, sur le Malecon pour manger une glace. Je ressens encore la tension qui se propageait de rue en rue. C'était la fin d'un monde. J'ai tant aimé Cuba. Parfois je t'enviais d'y être encore. Beaucoup de gens, beaucoup de choses me manquaient.

— Sais-tu où se trouve Juan Manuel de Villanegro ? interrogea soudain Anna.

— En Espagne. Il avait un cousin à Grenade. J'ai bien placé sa fortune, il doit me remercier aujourd'hui. C'est drôle que tu te souviennes encore de lui.

— Je suis retournée souvent à la Pointe aux Tortues.

Il avait fallu qu'Anna fasse un effort considérable pour prononcer ce nom.

— Vraiment ? Je suppose que le domaine est propriété nationale aujourd'hui.

Très fort, la jeune femme appuya la paume de ses mains sur ses genoux. Elle refusait de laisser apparaître devant son père la moindre émotion.

Au bout du fil, la voix de Bryan décelait une inhabituelle gaieté.

— J'ai dû me rendre à New York pour mes affaires, un déplacement tout à fait imprévu.

Un châle sur les épaules, Anna était assise sur le rebord du lit. Le vent glacé soufflait en rafales, faisait grincer les branches d'arbres, vibrer les fenêtres. Depuis son retour de l'hôpital, la jeune femme ne parvenait pas à se réchauffer.

— Accepteriez-vous de venir prendre un verre chez moi samedi soir ? Ensuite, nous irions où vous voulez, restaurant, cinéma, théâtre. Cela vous tente ?

— Pourquoi pas, répondit Anna après un moment d'hésitation.

Elle n'avait pas le droit de refuser. Tout repliement

sur elle-même accentuerait un sentiment d'échec dont elle serait finalement entièrement responsable.

Dans la salle de bains, la jeune femme risqua un coup d'œil au miroir. Son visage, son corps avaient changé. Elle s'était arrondie. En l'absence de soleil, ses cheveux avaient pris une teinte plus foncée.

Devenait-elle américaine ? Au fil des années, allait-elle oublier Cuba ? Déjà elle se dépensait moins pour Diego, trouvait des excuses pour remettre l'envoi d'une lettre, un appel téléphonique à une quelconque association. Une sorte de lassitude ou de doute profond émoussait sa volonté. Souvent, elle ne savait que faire de souvenirs auxquels elle demandait de remplir sa vie.

## 28

De l'appartement se dégageait une insipide banalité, mais il y faisait bon et, après sa longue marche dans le froid, Anna s'y sentit bien. Bryan prit son manteau et la conduisit dans le living-room. Sur un coin du bar qui séparait la pièce de la cuisine, un plateau attendait avec des verres, une grande quantité de bouteilles, quelques fruits secs jetés dans un bol de plastique argenté.

— Vous êtes diablement fidèle à cette robe rouge ! glissa suavement le jeune homme en s'emparant d'une bouteille.

Anna se recroquevilla sur elle-même, elle n'avait pas eu le temps ni l'énergie de faire la moindre course.

— Je plaisantais ! Elle vous va à ravir. Un verre ?

Après avoir longuement narré ses négociations commerciales à New York, Bryan se lança sur la saison de ski au Colorado où il comptait passer quelques jours au moment de Noël. Le temps tournait, Anna consulta discrètement sa montre.

— La séance de cinéma est dans une demi-heure, se

crut-elle en devoir de préciser. Voulez-vous que nous nous préparions ?

Mais Bryan se versa un troisième verre. Dans la lumière qui le cernait, Anna fut frappée par le front un peu haut, les cheveux déjà clairsemés. Il était moins beau qu'elle n'en avait gardé le souvenir.

— Détendez-vous, Ann. Si nous ratons celle-là, nous attraperons la suivante.

La jeune femme avait trop chaud. Etait-ce l'alcool auquel elle était peu habituée ? Sous le regard de Bryan fixé sur elle, elle ôta son cardigan.

— Vous sentez-vous seule quelquefois ? interrogea-t-il en pliant soigneusement le lainage sur l'accoudoir du canapé.

Et sans attendre de réponse, il continua :

— Parce qu'à moi cela m'arrive souvent. Je n'aime pas plus les filles faciles que l'on rencontre dans les bars que les oies blanches qui hantent les bals de charité.

Anna ne trouvait rien à répondre. Elle se sentait mal à l'aise et pourtant ne souhaitait pas s'en aller. La voix calme de Bryan, ses mains fines posées sur le verre la fascinaient inexplicablement. A l'hôpital, ses camarades ne cessaient de raconter leurs relations amoureuses. C'était un incessant bavardage ponctué de détails crus, d'allusions grivoises un peu cyniques. Avait-elle tort de s'entêter à rester chaste ? Et comment pourrait-elle longtemps déplorer son manque d'affinité avec les Américains si elle les fuyait tous ? Même dénuée de toute passion, une relation pouvait la mener à un début d'intégration.

Devinant sans doute son débat intérieur, et comprenant qu'il avait sa chance à saisir, Bryan vint s'asseoir sur le canapé, si proche d'Anna que leurs épaules se touchaient.

— Je me sens bien en votre compagnie, nous avons certainement beaucoup en commun.

Un de ses bras enveloppait maintenant la jeune femme. Alors, soudain, les défenses d'Anna s'effondrèrent. Elle n'éprouva plus que la simple envie de poser enfin sa tête sur une épaule amie, de se laisser caresser comme une enfant triste. A peine le jeune homme parut-il étonné par la facilité avec laquelle il triomphait. Il prit Anna par la taille et la conduisit à sa chambre.

Depuis la veille, Philip était parti au Mexique. La nuit tombait avant six heures. Givre et brouillard noyaient le fleuve. La ville comme les banlieues n'étaient que grisaille d'où émergeaient çà et là les squelettes pétrifiés des arbres. Anna prit le courrier glissé dans la boîte à l'entrée du jardin. Une lettre de Teresa était coincée entre deux prospectus publicitaires et cette découverte lui fit battre le cœur. Blottie dans le canapé, un café chaud à portée de la main, la jeune femme décacheta posément l'enveloppe.

*Mon Anita,*

*Tu me pardonnes, n'est-ce pas, de n'avoir pas répondu plus vite à ta lettre ? Je sens en toi un découragement, mais tiens bon. Tôt ou tard, tu t'enracineras. Prends donc les bons côtés que t'offre la vie à Philadelphie, oublie les autres. Tu n'as pas d'amies ? N'espère pas trop de l'amitié, il existe un fossé entre les femmes d'ici et nous-mêmes. Elles sont cérébrales, organisées, souvent calculatrices, nous sommes émotives, brouillonnes et soupe au lait. Elles se récrient devant les accommodements si doux que nous avons avec nos sentiments et nos corps, notre goût pour les plaisirs de la vie, qu'ils soient ou non permis. Dieu et le soleil nous ont fait la grâce de pouvoir changer même les péchés en fêtes.*

*J'attends un quatrième enfant. Ma maison va bientôt être trop petite, mais, comme à La Havane, nous nous serrerons les uns contre les autres. Te souviens-tu du jardin, de la balancelle où nous discutions des heures durant ? Je sens encore l'odeur du café et celle des fleurs d'oranger qui investissaient les rues, j'entends les éclats de voix des commères, les timbres des bicyclettes, les cris des enfants. Et toi, tu cherchais à me prouver que notre* lider *gagnerait sa révolution, que Cuba connaîtrait une grande prospérité et soulèverait l'admiration du monde. Tout cela est si loin ! Une dernière nouvelle, Anita, qui te fera plaisir. Je viens de lire qu'au printemps prochain une commission chargée des droits de l'homme se réunira à Washington. Des représentants des pays non alignés seront là. La question des emprisonnements abusifs sera à l'ordre du jour. Ecris, harcèle, ne baisse pas les bras, le temps travaille pour toi. Nous sommes en 1981, Castro ne peut plus s'accrocher très longtemps au pouvoir... Dans les milieux bien informés de Miami, on murmure que nos guerres de libération sur le continent sud-américain comme en Afrique se termineront en queue de poisson, et que chez nous, malgré l'illusion d'un essor économique, le castrisme crèvera comme un ballon de baudruche. Mais les Cubains de Miami colportent tant de racontars...*

*Prends soin de toi et surtout déniche-toi un amoureux. Je ne peux plus t'imaginer une seconde en vierge farouche.*

*Ta vieille amie,*

*Teresa*

Le téléphone sonna, elle ne répondit pas. Peut-être était-ce Bryan mais elle ne souhaitait plus le revoir, à moins que ce soit une voisine charitable la conviant à dîner. Elle avait essayé de s'intégrer, d'être compréhensive et chaleureuse, elle avait écouté des histoires interminables qui ne la concernaient pas, souri de plaisanteries sans signification pour elle, elle avait tenté de renouer une relation honnête, à défaut d'être tendre, avec son père, mais tout cela sonnait faux, ressemblait à un masque qui se craquelait de toutes parts.

La jeune femme replia la lettre. Mama Maria avait raison, on ne pouvait sans blessure arracher ses propres racines. Que lui offrait l'avenir en Pennsylvanie ? Un mari à l'image de Bryan, le cabinet médical d'Ann Lamberth, médecine familiale, tous les jours de neuf heures à dix-neuf heures. Une infirmière proprette ouvrirait la porte, ferait remplir des questionnaires à des patients replets, des vieillards grincheux, des mères excédées. Elle les écouterait tous, dispenserait quelques paroles de réconfort avant de prescrire de coûteux médicaments, des examens compliqués. En récompense, chaque année elle serait invitée par des laboratoires à une croisière en Méditerranée, un week-end à Acapulco, un Noël à Londres. « Je ne peux pas, décida-t-elle, non je ne peux pas. » De tout son cœur, elle voulait vivre, qu'il se passe enfin quelque chose dans son existence. Elle avait besoin de s'enthousiasmer, d'aimer. Teresa avait raison. Vivre. Etait-ce trop demander ? « Je vais retourner en Floride, pensa-t-elle soudain. Là-bas, j'aurai du soleil, je serai près de Cuba. » Elle serra fort la lettre au creux de sa paume.

L'horloge anglaise du hall sonna huit heures. Anna se redressa. Le temps avait une lenteur insupportable. Elle allait faire réchauffer le plat acheté chez le traiteur, regarder d'un œil une série télévisée, se coucher. Mais désormais, une certitude l'habitait, celle de ne plus jamais accepter de se mentir à elle-même. Diego n'était plus le centre de sa vie, elle devait maintenant la reconstruire seule.

## 29

Faute de pouvoir obtenir Anna au téléphone, Bryan avait écrit. Après les moments intenses qu'ils avaient partagés, il ne comprenait pas ce silence. Avait-elle peur de sentiments trop profonds ? Mais il n'en réclamait pas. Ce qu'il désirait, c'était une présence attentive, disposée au plaisir. Pourquoi ne pas accepter les exigences du corps ? Il était prêt à satisfaire celles d'Anna où et quand elle le souhaitait. Et, comme pour la tenter davantage ou lui ôter tout scrupule, Bryan avait ajouté : « Avec enthousiasme. » Venant de cet homme froid, organisé, habile à obtenir ses propres satisfactions, le mot semblait ridicule. Elle avait couru acheter une carte postale sur laquelle une portée d'oisillons aux becs grands ouverts réclamaient pitance. En bas était inscrit en lettres dorées : *Thank you very much.*

« Vous avez raison, il faut être à l'écoute des exigences du corps, avait-elle ajouté. Quand les miennes m'interpelleront, je saurai désormais les satisfaire moi-même. A défaut de prendre vos intérêts en main, je prendrai les miens en considération. »

Le chapitre Bryan était refermé.

Maintenant que sa décision était prise, Philadelphie devint pour Anna non plus une prison, mais une résidence temporaire où elle décida de n'apercevoir que les bons côtés. Le matin, au moment du réveil, des sensations oubliées resurgissaient en elle, le parfum de Pamela, le frôlement de la peau de Juan Manuel sur la sienne, le goût des lèvres de Diego. Sans savoir si elle s'adressait à sa mère, à Juan Manuel ou à son amant, elle murmurait : « Ne t'inquiète pas, je suis là. »

Elle alla chercher Philip à l'aéroport. Il pleuvait. Au milieu d'un groupe de touristes surchargés de pacotilles, il avait bonne mine, l'air réjoui.

— J'ai fait l'interprète pendant tout le voyage, déclara-t-il dans le taxi qui les ramenait à la maison. Un beau succès.

Il fredonna quelques couplets d'une rengaine mexicaine. Anna le trouva ridicule. Où était l'homme qu'elle avait tant admiré à Cuba ? Etait-ce déjà cette banalité, indiscernable pour l'enfant, qui avait détaché Pamela de lui ? Le jugement sévère qu'elle avait porté sur sa mère lui semblait maintenant contestable.

Elle n'avait voulu voir en Pamela qu'une despote, un être froid, rigide et, soudain, à côté de cet homme vieillissant, faussement débonnaire, elle eut pitié d'elle, se sentit du même bord. Sa mère avait aimé, s'était laissé aimer par Ernesto, avait vibré pour Cuba.

Philip était sans passion, sans grandes ambitions. Un homme ordinaire.

— Je pense que tu as tort, répéta Philip. Ton avenir serait plus brillant dans le Nord, loin de ces hordes d'immigrés qui surchargent la Floride. Mais tu es majeure, après tout. Et il avait ajouté : Aujourd'hui, c'est toi qui me quittes.

— Cesse ces enfantillages, papa !

Le ton était trop dur, Anna le regretta aussitôt. Devant un bol de soupe au poulet, son père paraissait vieux et vulnérable.

— As-tu aimé maman ? demanda-t-elle. M'as-tu aimée, moi ?

A travers la table, elle saisit la main de Philip où de grosses veines saillaient. Il la regardait, stupéfait. Personne ne lui avait appris à répondre à ce genre de question.

— Je ne comprends pas, murmura-t-il. Que cherches-tu à me faire dire ?

— Cela n'a pas d'importance.

Philip avala une cuillerée de soupe. Anna ignorait combien elle le blessait en l'interrogeant ainsi. Depuis la mort de Mark, il refusait toute effusion de sentiment. Pamela faisait partie d'un autre monde. Mais il l'avait aimée. La souffrance que, trente ans plus tard, il ressentait encore en pensant à cette lettre d'Ernesto, lue par hasard, le prouvait.

Le bus descendait vers le Sud. Devant elle, Anna voyait les paysages entrevus huit mois auparavant mais son regard n'était plus le même. Aujourd'hui, elle savait où elle allait et pourquoi.

Sa séparation avec Philip avait été consternante. Comme s'ils se quittaient pour quelques jours seulement, l'un et l'autre, jusqu'au bout, avaient tenu à rester souriants. Son père l'avait accompagnée à la gare routière, ils se retrouvaient à l'endroit précis où il était venu l'accueillir. La boucle de leur vie commune était bouclée.

— Tu viendras me voir, n'est-ce pas ? avait-elle réclamé avant de grimper dans le bus. Avec ta retraite prochaine, le temps ne te manquera pas.

— Il n'y a que des vieux en Floride, je n'ai rien à voir avec ces cocos-là. C'est toi qui viendras à Philadelphie.

Ils s'écoutaient à peine. Avant que le bus démarre, Anna tendit une main, mais Philip, ouvrant les bras, serra sa fille contre lui.

— Je n'ai pas eu de chance avec mes enfants.

Sa voix tremblait. Anna était terrifiée à la pensée qu'il pût se mettre à pleurer en plein milieu de la gare routière. Elle avait été sur le point de répondre : « Pendant vingt ans, tu ne t'es guère soucié de moi. Il est trop tard maintenant. » Au prix d'un gros effort, elle s'était efforcée de sourire.

— Tu n'es pas très encourageant, papa. Que fais-tu de mon affection ?

Philip avait hoché la tête.

— Bonne chance, Anna.

Il avait parlé espagnol. En un éclair, elle revit l'homme si fort aimé dans la petite maison de La Havane. Mais déjà il s'était détourné, marchait vers la rue, le dos un peu voûté. Et soudain, Anna avait pensé à Diego. Lui aussi, comme une barque qu'un vent contraire poussait vers le large, s'éloignait et elle ne pouvait plus rien tenter pour le faire revenir. Elle avait des souvenirs d'où il était absent, des projets dont il ne faisait pas partie.

Le car s'arrêta pour prendre de l'essence. Sur cette aire de repos en Caroline du Sud, les néons des salles de restaurant, des boutiques de souvenirs jetaient un halo de lumière blafarde. Il faisait beau. Un vague parfum de magnolia traînait sur le parking. Et soudain, dans ce décor anonyme, vint à l'esprit d'Anna ce que jamais elle n'avait permis à son imagination d'entrevoir : la possibilité de la mort de Diego.

— A tout à l'heure, Criolla.

Le regard oblique amusa Anna. Avant même qu'elle prenne ses clefs, la chatte savait que sa maîtresse la quittait. Tapie sur son coussin, la petite bête noir et blanc ne bougeait pas, mais ses yeux suivaient chacun de ses pas.

Par la baie vitrée du salon, le soleil se couchait dans une splendeur quotidienne. De son troisième étage, Anna devinait les longues rangées des maisonnettes, tout enfouies sous la végétation. A l'ombre des pins d'Australie, des ficus ou des palmiers, des enfants s'ébattaient. La jeune femme aimait cette paix du soir. Les flammèches des rayons du soleil illuminaient la cime des arbres, coulaient le long des toits. Depuis qu'elle avait emménagé dans cet appartement huit mois plus tôt, Anna se sentait revivre. Parmi ses nouveaux amis, personne ne parlait du passé. Chacun avait sa propre histoire, une page tournée dont la richesse ou les désillusions n'empiétaient en rien sur l'avenir. Elle refusait désormais toute relation avec les passéistes, les geignards, les vindicatifs, ceux qui peu ou prou nourrissaient leur inaptitude à vivre le présent du fantôme d'un bonheur défunt, le plus souvent imaginaire. Rien n'était contradictoire dans la vie si l'on savait se laisser emporter par son cours.

— Je ne rentrerai pas tard, Criolla.

Les yeux verts de la chatte observaient le mouvement des lèvres puis, indifférente ou résignée, elle détourna la tête.

Il y avait encore eu un accident sur l'autoroute et la circulation entre Homestead et Miami allait au pas. Anna arriva la dernière au Habana Vieja. L'achat à crédit d'une voiture avec son premier salaire de médecin du travail lui avait procuré un réel bonheur. Jamais elle n'avait espéré une telle commodité dans sa vie matérielle. A Cuba, sa mère, comme toutes ses amies, ne se déplaçait qu'en autobus, seuls quelques rares privilégiés du régime pouvaient se procurer un véhicule particulier.

— Te voilà enfin ! s'exclama Jorge. Nous commencions à nous inquiéter.

Huit personnes étaient installées autour de la table, tous des visages familiers à l'exception d'un homme portant des lunettes.

— Julio Monterro, présenta Jorge, un éminent scientifique péruvien que je suis parvenu à débaucher pour la soirée.

Anna serra la main qu'il tendait. Le contact de cette peau lui fut agréable. Puis elle prit place à l'autre bout de la table, entre un confrère médecin et une jeune femme antiquaire à Coral Gable. Presque tous les week-ends, ils se retrouvaient entre amis dans un des innombrables restaurants cubains de Miami. Parfois ils dansaient, la plupart du temps ils se contentaient de dîner en écoutant de la musique.

Une odeur de cigare et de friture imprégnait la salle. Anna observait le visage de Julio. Il était sérieux mais pas triste, régulier sans être beau. Leurs regards se rencontrèrent, s'attardèrent, tandis qu'une servante déposait un grand plat de crevettes nappées d'une sauce à la tomate et aux oignons. Son buste énorme se frayait un chemin entre deux convives.

Par la fenêtre restée entrouverte, Anna entendait les derniers bruits montant de la rue, et là-bas, étouffé, le ronflement continu de l'autoroute. Elle ne parvenait pas à dormir. Couchée sur le dos, les yeux fermés, elle revivait chaque moment du dîner, ceux où Julio avait parlé, ceux où elle avait répondu. Téléphonerait-il comme il l'avait promis ?

Anna laissa sa main courir sur la tête, le dos de la chatte blottie à côté d'elle. Elle ne souhaitait pas une liaison, pas même une histoire d'amour, ce qu'elle voulait était plus vague et plus compliqué. Diego était loin. Le temps l'effaçait non pas de son cœur mais de son existence. Bryan, lui, ne laissait qu'une trace de vague humiliation, une blessure d'amour-propre.

C'était une nouvelle image d'elle-même qu'elle recherchait, forte, sereine et pleine d'espérance.

— Je ne comprendrai jamais la raison pour laquelle Castro a voulu abolir Noël.

Décoré de nœuds violets, roses et bleus, le sapin ressemblait à une grosse duchesse parée pour le bal. Un peu plus loin, planté dans un jardin, juste à la croisée de deux rues, un attelage de biches au museau rouge était prêt à prendre son envol, entraînant derrière lui une luge chargée de pommes de pin, de boules dorées, de clochettes en plastique argenté.

— Chez moi, je n'ai qu'un maigre poincettia, confia Anna en riant.

— Chez moi, je n'ai rien du tout, avoua Julio.

— Alors, allons à la maison ! Je dois pouvoir trouver un peu de rhum, quelques boîtes de bière et du Coca.

Dans le salon, la lumière jaillit du plafonnier, crue, impersonnelle. Anna s'en voulut de n'avoir pas pris le temps d'aller acheter cette lampe dont elle avait tant besoin. Mais son métier l'accaparait douze heures par jour et les amis prenaient le reste de son temps. Elle n'avait pu que meubler sommairement le petit appartement : un gros canapé blanc où elle avait disposé des coussins multicolores, des fauteuils de rotin, une table en pin avec ses quatre chaises et une bibliothèque où elle entassait livres de médecine et auteurs hispaniques : son cher García Marquez, Jorge Semprun, les poèmes d'Ernesto Cardenal, bien d'autres ouvrages qui débordaient jusque sur la moquette beige. Criolla régnait sur cette pièce claire prolongée d'une terrasse, comme elle régnait sur l'unique chambre blanc et bleu, sur la salle de bains carrelée de terre cuite mexicaine où toujours Anna arrangeait un bouquet de fleurs.

— C'est curieux, remarqua Julio, nos appartements se ressemblent.

Il s'arrêta devant la bibliothèque.

— Un bon équilibre entre le réel et l'imaginaire. Il faudra me livrer le secret de cette harmonie. J'ai bien peur de posséder cent livres sur la génétique pour quelques romans seulement.

Julio revint vers le canapé, prit le verre de Coca-rhum qu'Anna lui tendait.

— Les romanciers n'ont pas assez d'imagination pour entrer en compétition avec la génétique. C'est un univers sans limites.

Les yeux avaient un éclat intense.

— Tu n'as pas ce regard quand tu parles de moi, plaisanta Anna. Si je comprends bien, il y a une vieille maîtresse toute-puissante dans ta vie. Je ne sais pas si j'aurais le courage de me mesurer à elle.

— Qu'en sais-tu puisque tu ne la connais pas ?

Le traiteur brésilien avait déposé une dizaine de barquettes dans la cuisine. Anna déboucha une bouteille de vin blanc, dressa succinctement la table.

— Un mammouth, affirma Julio, tandis qu'elle disposait les différents mets sur des assiettes, pourrait être recréé à partir d'une simple cellule récupérée dans des fossiles.

— Et tu m'annonces cela quand je triture de tristes morceaux de porc !

— Ton porc est le cousin germain de mon mammouth.

Tandis qu'Anna se penchait au-dessus de la table, Julio, qui s'était approché silencieusement, l'embrassa dans le cou, un baiser léger et doux qui fit courir un frisson dans le dos de la jeune femme. Elle s'immobilisa, la gorge serrée.

Il la tenait fort contre lui et elle était troublée par cette sensualité pure, l'élan presque sauvage qui l'avait poussée vers cet homme, bouleversée par la tendresse, l'émotion spontanément partagées.

— Nous vivrons ensemble, murmura Julio. Quand ? Je ne sais, mais nous vivrons ensemble.

— Crois-tu que nos rencontres seront toutes aussi belles ?

— Peut-être nos corps se lasseront-ils un jour l'un de l'autre, mais je veux pour toujours ta présence et ta tendresse. L'acte physique n'est pas le secret de l'harmonie. A quarante ans, j'ai enfin compris cela.

— Tu parles comme une femme.

— Je ne ressens aucune honte à exprimer mes émotions. L'un comme l'autre, nous avons eu des expériences amoureuses, réussies ou ratées. Mais il fallait passer par là pour nous choisir.

— Il y a le hasard aussi, murmura Anna. J'aurais pu à Cuba me marier à un homme que j'aimais, avoir un enfant de lui. C'est la vie plus que moi-même qui a décidé de mon avenir.

— Tu étais prête au fond de toi à renoncer à cette relation, à vivre quelque chose de neuf.

Anna avait téléphoné à Julio au laboratoire, ce qu'elle ne faisait jamais, pour lui fixer un rendez-vous. La nuit tombait sur Briskell Avenue, jetant une ombre tronquée par la lumière des immeubles, les phares des voitures. Dans les cafétérias et les bars, les premiers consommateurs s'installaient avant de rejoindre la longue file de véhicules agglutinés sur l'autoroute et leur maison de banlieue sous les palmiers ou les jacarandas. Julio était arrivé le premier. Ce rendez-vous inattendu le tourmentait. Malgré son refus de douter d'Anna, une vague appréhension l'habitait, celle d'une remise en question ou d'une incompréhensible rupture... Ce genre de situation où les femmes avaient toujours le dernier mot.

Un instant, il s'amusa à observer les autres clients du bar, mais vite son regard se fixa à nouveau sur la porte. Il aimait les femmes, en avait profité largement durant ses années de célibat mais peu avaient la simplicité de rester naturelles. Beaucoup gardaient une idée dans la tête quand elles se donnaient, les sensuelles jouissaient en poursuivant leurs ambitions, les froides simulaient le plaisir pour ne pas perdre un pouce de terrain. Avec Anna, il ne pouvait parler de soumission, elle était trop libre au fond d'elle-même.

Son élan spontané vers l'autre réclamait un partage équitable du plaisir comme du bonheur. Il aimait ses yeux couleur noisette, son regard détaché et cependant attentif, sa solitude venue de l'enfance.

Quoique à Cuba Anna ait appris à n'être qu'une parmi la foule, elle était restée indépendante, réservée. Ses reculs instinctifs la rendaient parfois imprévisible.

Julio attendait depuis longtemps maintenant et son appréhension grandissait. Devant Anna, les défenses qu'il avait acquises avec les années et les exigences de son métier s'étaient toutes défaites. En lui apprenant la confiance, elle l'avait rendu vulnérable.

— Eh bien, je considère que tu es très en retard.

Se contentant de le regarder avec des yeux qui pétillaient, Anna ne répondit rien.

— Je m'inquiétais, avoua enfin Julio d'un air misérable.

— N'affirme-t-on pas « une de perdue, dix de retrouvées » ?

— Les femmes qui peuvent me donner autant de soucis ne courent pas les rues, Dieu merci.

— Alors, il te faudra nous garder. Et vite elle ajouta : Je suis enceinte, dis-moi que cela te fait plaisir.

Il attrapa le bras d'Anna, le serra si fort que la jeune femme poussa un petit cri.

— Aussitôt que nous serons mariés, nous partirons en voyage de noces, chez moi, au Pérou.

Julio avait la bouche sur le ventre d'Anna, tout près du mont de Vénus.

— Parle-moi de ton pays.

La jeune femme enroulait une mèche des cheveux de son amant autour de son index. L'après-midi de ce dimanche de mars en coups de soleil et ondées orageuses s'achevait avec la douceur du soleil déclinant. Dans la résidence où habitait Julio, quelques jeunes gens bricolaient un moteur de Corvette, des enfants s'entraînaient au base-ball.

— Mes parents ont quitté Lima depuis plusieurs années pour revenir sur leurs terres au Nord. Dans la capitale, la vie était devenue trop difficile, trop hasardeuse. Lorsque je pense à ce que furent mes vacances là-bas, il me semble que j'ai vécu une autre existence.

— La plage, les jardins foisonnant de fleurs, le rythme lent des jours avec des siestes dans les patios, des dîners sous les étoiles... Nous avons les mêmes souvenirs, Julio.

Le soleil avait disparu derrière la ligne des pins d'Australie qui longeaient le canal et, à l'instant où il s'abîmait, le paysage semblait s'envelopper de vapeur rosée entre les marécages et la mer.

— Mes parents sont à Talara, dans la province de Piura, continua Julio. C'est un gros village de pêcheurs de langoustes près de la frontière de l'Equateur. Depuis trois cents ans, ma famille y possède des terres.

Anna se redressa sur un coude. L'émotion, presque de l'inquiétude, lui serrait le cœur.

— Ils ont une grande maison, n'est-ce pas, avec une galerie au premier étage, un patio planté de bananiers et d'oiseaux de paradis ?

Julio se mit à rire.

— Je te savais excellent médecin mais pas devineresse ! Tu as raison, la maison ressemble à tes rêves. Il y a aussi une fontaine au milieu du patio et des bougainvillées accrochées aux arcades.

— La mer est proche ?

— Toute proche. Lorsque le Pacifique grondait, j'entendais de ma chambre la colère des vagues battant la plage, je voyais la vapeur de l'écume altérer l'horizon, estomper le bord aigu des feuilles de calebassiers et j'avais peur qu'un jour une vague plus féroce que les autres n'engloutisse notre demeure. Les vieilles Indiennes aimaient les récits de mondes perdus, de palais noyés sous l'eau où vivaient encore des princesses devenues poissons. J'étais terrifié mais les réclamais encore et encore.

Jamais Anna n'avait remarqué une telle exubérance dans la voix de son amant. Le scientifique s'était transformé en petit garçon péruvien aux oreilles remplies de légendes. Leur enfant lui ressemblerait. Il irait aussi au bord de l'océan rêver de civilisations disparues.

— Comment s'appelle le domaine ? demanda-t-elle.

— La Encantada.

— La Encantada, répéta Anna. Ce n'était plus la demeure en ruine des Villanegro qu'elle voyait, mais une maison vivante et gaie, paisible, que la violence, la haine et la misère avaient, pour un temps encore, épargnée.

Anna ferma sa voiture à clef. Devant elle, de l'autre côté de la route, se déroulait la plage et, au-delà, le bras de mer qui la séparait de Cuba. Elle avait conduit jusqu'à Key West sans s'arrêter. Le soleil au zénith mordait la peau, jetait sur la mer des reflets éblouissants. Un petit homme portant une casquette à longue visière pêchait au lancer. Il restait patiemment à contempler la surface plate des eaux, le fil imperceptible qui s'y abîmait. Un air lourd, humide, écrasait les épaules.

A pas rapides, Anna avança jusqu'à la lisière de l'eau. Depuis quelques jours, le bébé bougeait en elle. C'était une sensation attendrissante, riche d'espérances. Le lendemain, elle serait pour trois semaines au Pérou, une rupture ou un commencement, l'aube en tout cas d'une vie nouvelle.

Avec application, la jeune femme fixa l'horizon. Ceux qui prétendaient avoir aperçu les côtes cubaines depuis Key West disaient-ils vrai ? Elle avait beau se concentrer, elle ne voyait rien que la plate monotonie de la mer, un vol de pélicans au ras des eaux. Pourtant, à moins de cent cinquante kilomètres, l'île de son enfance, de son adolescence, de sa vie de jeune femme déroulait ses plages, ses champs de canne, ses vallées et les hauts pics de ses montagnes. Un instant, elle songea à tout ce qui était survenu dans son existence depuis ce jour de 1980 où elle avait vu s'éloigner, derrière le bateau de pêcheur chargé d'exilés, le rivage de Cuba. C'était une joie mêlée de tristesse. Un sentiment de triomphe aussi, celui d'avoir survécu au désespoir.

« Ainsi, tu es revenue, disait Diego. Je t'attendais. » Dans l'esprit d'Anna, la voix chuchotait. Elle détourna la tête, elle ne verrait pas les côtes de Cuba, on lui avait menti. L'île était trop loin, un univers où elle n'avait plus accès depuis qu'elle s'en était détachée physiquement, qu'elle l'avait abandonné. Et soudain, debout sur cette plage qui achevait le continent nord-américain, Anna comprit que tout ce qu'elle avait aimé à Cuba avait disparu depuis longtemps, que ce pays n'était pas géographiquement loin devant elle, inaccessible, mais un souvenir attaché à sa mémoire, familier et survivant pour toujours dans son cœur, comme le lui avait demandé Juan Manuel un soir de juin, sur la plage de la Pointe aux Tortues. Alors, faisant demi-tour, la jeune femme rejoignit sa voiture, tandis que la ligne du pêcheur, une fois de plus, venait s'abîmer dans l'eau tiède et limpide du détroit de Floride.

## DU MÊME AUTEUR

*LE GRAND VIZIR DE LA NUIT*, Gallimard, 1981
*L'ÉPIPHANIE DES DIEUX*, Gallimard, 1984
*L'INFIDÈLE*, Gallimard, 1985
*ROMY*, Orban, 1986
*LE JARDIN DES HENDERSON*, Gallimard, 1988
*LE RIVAGE DES ADIEUX*, Pygmalion, 1990
*UN AMOUR FOU*, Orban, 1991
*LA MARQUISE DES OMBRES, Plon, 1993*
*LA PISTE DES TURQUOISES*, Flammarion, 1993

**IMPRIMÉ EN FRANCE PAR BRODARD ET TAUPIN**
**Usine de La Flèche (Sarthe).**
**LIBRAIRIE GÉNÉRALE FRANÇAISE - 43, quai de Grenelle - 75015 Paris.**
**ISBN : 2 - 253 - 13837 - 1** **31/3837/7**